Wie der Kleine Heilige ein Krippenspiel plante

Danke, Papa,
für all die Unterstützung und Hilfe.

Axel Schwaigert

Wie der Kleine Heilige ein Krippenspiel plante

Weihnachtsgeschichten für Kinder und Erwachsene

Bibliografische Information der Deutschen National-
bibliothek:
Die Deutsche Nationalbibliothek verzeichnet diese
Publikation in der Deutschen Nationalbibliografie;
detaillierte bibliografische Daten sind im Internet
über http://dnb.dnb.de abrufbar.

Illustration: Aaron König

Herstellung und Verlag: BoD – Books on Demand,
Norderstedt

ISBN: 978-3-7481-9976-2

Herzlicher Dank!

So ein Buch entsteht nicht nur alleine durch das Schreiben der Texte. Und es geschieht auch nicht ganz alleine durch den Autor dieser Texte. Es ist immer ein Zusammenarbeiten von mehreren Menschen und Situationen, die so ein Buch entstehen lassen und möglich machen.

Daher ganz herzlichen Dank an Nadja Schwaigert. Sie hat all diese Texte durchgelesen und korrigiert. Ohne sie wäre es nicht lesbar gewesen. Herzlichen Dank an meinen Bruder, der immer wieder Druck macht! Herzlichen Dank an Aaron König für die wunderbaren und witzigen Bilder. Es ist schön, die eigenen Geschichten durch die Augen eines anderen sehen zu dürfen. Und ein ganz besonderer Dank an Salz der Erde MCC Gemeinde Stuttgart. Dort sind diese Texte für den Heiligen Abend entstanden und zuerst gelesen worden. Danke für Euer Zuhören!

Vorwort

Wie jedes Jahr blicken wir an Weihnachten auf die Krippe und erinnern uns an die erste Heilige Nacht, damals in Bethlehem. Wir alle kennen die Figuren, die da in der Krippe stehen: Ochs und Esel, die Hirten mit ihren Schafen, die Heiligen Drei Könige und natürlich die Heilige Familie. Ein Stern darf natürlich nicht fehlen und Engel, die über der Krippe schweben. Und manchmal gibt es da noch die Familie des Wirtes und Menschen aus dem Dorf. Die Krippe ist ein Symbol für den Aufbruch und die Vorbereitung, den wir Menschen in der Adventszeit feiern: jede der Figuren in der Krippe bricht auf und macht sich auf einen Weg. Manche gehen zurück an den Ort ihrer Geburt, andere folgen einem Stern, wieder andere dem Gesang der Engel.

Aber nicht nur die biblischen Figuren sind wichtig in der Krippe. Denn auch wir selber, die wir vor der Krippe stehen, sind Teil des Ganzen. Die Geschichten in diesem Büchlein erzählen daher davon, wie wir selber Teil der Erzählung von Weihnachten werden. Es sind keine Nacherzählungen der biblischen Geschichte, sondern erzählen davon, wie ganz normale Menschen dem Geheimnis von Weihnachten begegnen.

Es sind Geschichten um die die Krippe herum, Geschichten, die ich mir ausgedacht habe. Aber vielleicht sind sie ja genau so passiert.

Statt einer Einleitung:
Wie wohl die Geburtstagsparty in Stall ausgesehen haben mag

Alle Jahre wieder! Alle Jahre wieder Weihnachtsdeko, Weihnachts-lieder, Weihnachts- markt, Weihnachtsumsatz, Weihnachtsstress und die Frage: Was predigen? Was soll man als armer Pfarrer, der ja genauso im Stress von Weihnachten steckt wie jede und jeder andere am Weihnachtsabend, predigen? In den vergangenen Jahren habe ich immer dem überschäumenden Weihnachtskitsch die Schuld gegeben, wenn nicht wirklich Weihnachten werden wollte. Vor lauter Weihnachtsduft in der Luft und singenden Kinderchören in den Kaufhäusern bleibt wenig Raum für das echte Weihnachten, habe ich gesagt. Vor lauter Gefühlsduselei blieb die echte Weihnachtsfreude auf der Strecke.

Erwarten wir vielleicht von Weihnachten etwas zu viel? Oder vielleicht erwarten wir das falsche, wenn wir überhaupt wissen, was wir von Weihnachten eigentlich erwarten? Ich will einen Blick auf die Weihnachtsgeschichte werfen und dort sehen, was dort eigentlich um Weihnachten herum und an Weihnachten geschieht.

Nehmen wir als erstes die Weihnachtserwartung, dieses Warten auf Harmonie und glückliche Zeit mit der Familie: Davon ist bei Lukas nichts zu finden. Maria und Josef erwarten ein Kind. Und ja, und ich bin mir sicher, wie alle werdenden Eltern freuten sie sich unmäßig darauf. Aber dieses Kind konnte zu keinem ungünstigeren Zeitpunkt kommen, als gerade jetzt, weit weg von Zuhause, in einem fremden Land, einer fremden Stadt, keine Ahnung wohin mit Mutter und Kind!

Auch die Hirten hatten keine große Erwartung an diese Nacht, es war eine Nacht wie alle anderen, kalt, ungemütlich, nicht besser und nicht schlechter als die Nächte davor es waren und die Nächte danach es wohl sein würden. Eine Nachtschicht eben.

Die einzigen, die etwas Weihnachtserwartung hatten, waren die drei Weisen aus dem Morgenland, die dem Stern folgten. Aber auch sie wussten nicht so ganz genau, was sie da eigentlich suchten; sie wussten, etwas würde geschehen, aber was das genau sein würde, wussten sie nicht. Von großer Weihnachtserwartung also nicht die Spur, auch nicht von Weihnachtsrührseligkeit, schon gar nicht von Weihnachtsverkaufsrummel, von Weihnachtsliedern.

Das einzige, was wir vielleicht finden können, ist der Weihnachtsstress. Ich bin mir sicher, dass wir Josef und Maria nichts von Stress erzählen müssten: der Abend wurde immer später; die ersten Wehen setzten ein; noch immer kein Gasthaus, das noch Plätze freihatte; überall diese römischen Soldaten; die Wehen kommen immer öfter; wieder eine Absage wegen eines Zimmers: „Schon gar nicht für eine Schwangere, wir sind hier doch kein Krankenhaus".

Maria wird es übel; „Was, sie haben nicht reserviert, sorry, tut uns leid.“; es wird immer schneller dunkel, und kalt wird es auch..... Ich bin sicher die beiden wussten, was Stress ist.

Die Vorgeschichte zur Geburt Jesu ist sicher nicht einer der Momente, die wir in der Bibel wieder und wieder erleben wollten. Eigentlich ist es, so sieht es jedenfalls für mich aus, Weihnachtsstress und Weihnachtshektik, ohne die schöne Musik und den Lichterglanz.

Und dann geschieht das Weihnachtswunder! Jesus wird geboren. Hier ändert sich die Geschichte für uns alle, so wie sie sich für die Beteiligten verändert hat.

Die Geburt ist vorbei, das neugeborene Baby schläft, vielleicht denkt Maria noch einmal an die Vision des Engels, während sie das Neugeborene in den Armen hält. Der erschöpfte Josef steht dabei und ist froh, dass es vorbei ist und stolz auf den Neugeborenen, der trotz allem ja doch irgendwie sein Sohn ist. Das ist das Bild, das wir von vielen Krippendarstellungen und Bildern her kennen: Etwas süßlich vielleicht, aber trotzdem herzerwärmend.

Aber abgesehen davon, dass es ein schönes Bild ist, was hat es mit uns zu tun? Wie betrifft diese Geburt mich, einen Menschen des 21 Jahrhunderts? Was macht diese Geburt, eine von vielen Geburten so besonders, dass wir sie noch nach 2000 Jahren auf der ganzen Welt feiern?

Was diese Geburt so besonders macht sind die Ereignisse, die dann passieren. Besonders an dieser Geburt ist die Party, die jetzt im Stall startet. Ich weiß, von dieser Party ist nicht ausdrücklich die Rede in unserem Text, aber ich bin mir trotzdem sicher, dass sie stattgefunden hat. Denn inmitten der kitschigen Szene geht die Türe auf, und die Hirten kommen herein. Sie erzählen irgendetwas Unzusammenhängendes von Engelchören und wollen das Kind sehen. Zuerst will sie Josef hinauswerfen, aber Maria versteht sie, und zeigt den Hirten das Kind. Und nachdem sie die ersten Momente der Ehrfurcht hinter sich gebracht haben, und weil sie richtige Männer sind, geht jetzt das Gratulieren und Schulterklopfen los. Toll habe Josef das Baby hingekriegt, und hier sei zuerst mal eine Flasche Schnaps zum Aufwärmen und dann gleich noch mal einen Schluck auf die ganze Aufregung. Und habt ihr schon gegessen? Was, nein! Also wird ausgepackt, Brot und Käse und Wein, und Hammeleintopf von heute Mittag ist auch noch da, den wärmen wir auf. Kaum dass man es sich versieht sitzen alle zusammen, man erzählt wieder und wieder die Geschichte von den Engeln und Josef erzählt etwas von der Reise und da geht die Türe auf und der Besitzer des Stalles steht da: Was hier los sei mitten in der Nacht! will er wissen. Auch ihm wird das Baby gezeigt und die Geschichte von den Engeln erzählt und er ist auf einmal gar nicht mehr wütend und müde sondern geht und holt auch noch ein paar Schläuche voll Wein und was zu Essen und seine Frau kommt auch gleich mit und endlich kümmert sich auch jemand um Maria. Man rückt zusammen, einer der Hirten holt die Flöte heraus und sie beginnen zu singen.

Das lockt natürlich die beiden römischen Soldaten herbei, die wegen der Volkszählung und den vielen Fremden im Ort Nachtwache schieben müssen. Was hier los sei, fragen sie. Unter normalen Umständen hätten die Einheimischen nie einen römischen Soldaten zum Essen eingeladen, aber dies waren keine normalen Umstände, diese Nacht war keine normale Nacht. Also werden sie hereingeholt, ihnen wird das Baby gezeigt, und die Geschichte mit den Engeln erzählt, und dazu gibt es erst mal einen guten Schluck aus dem Weinschlauch und einen Teller Hammelfleisch mit Bohnen. Ganz genau wissen die Beiden nicht, was hier abläuft, aber die Stimmung ist gut und es gibt was zu essen, auf jeden Fall besser als draußen in der Kälte Nachtwache schieben. In der Zwischenzeit sind auch noch ein Nachbar samt Frau und Kindern dazugekommen, als wieder die Türe aufgeht. Dieses Mal sind es drei ausgesprochen gut gekleidete, offensichtlich ausländische Leute, jeder mit einem Diener. Es wird still im Stall, als sie erzählen, sie wären einem Stern gefolgt und wollen den neugeborenen König sehen. Es ist immer noch still, als sie niederknien, das Kind anschauen und Geschenke vor es hinlegen.

Ob er das Kind berühren dürfe, fragt der Älteste der drei. Natürlich darf er, und er tut es ganz ehrfurchtsvoll. Aber auch dieser Moment der Andacht geht vorüber und jetzt kriegen die Weisen erst einmal was zu essen und zu trinken, sie müssen die Sache mit dem Stern erklären und ihnen wird die Geschichte mit den Engeln erzählt. Der Weinschlauch und der Hammeleintopf machen noch mal die Runde und es ist richtig gute Stimmung.

Irgendwann spät in der Nacht wirft Maria, unter tätiger Mithilfe der Wirtsfrau, die ganze Menschenmenge aus dem Stall. Sie will endlich ihre Ruhe haben, und Ruhe kehrt auch langsam ein, nach der Party im Stall.

Dass der ganze Stall tatsächlich im Licht des Sternes leuchtete und über ihm die Engel tatsächlich sangen, das hat in der ganzen Partystimmung nur Maria bemerkt.

Wie der Kleine Heilige Weihnachten ausfallen lassen wollte

Eigentlich hatte der Kleine Heilige immer davon geträumt, ein richtiger, großer Heiliger zu werden: einer der wichtigen Kirchenlehrer zum Beispiel. Ja, einer der ganz großen Theologen, die mit tiefen, mystischen Gedanken über das Geheimnis Gottes nachdachten. Einer dieser bärtigen Männer, die schwere, dicke Bücher schrieben, so, wie er sie auch schon gelesen hatte: Bücher in deren Sätzen und Gedanken man spazieren gehen konnte und sich hin und wieder auch einmal verlieren. Aber ein Bart wollte ihm nicht so richtig wachsen, es war auch in seinem Alter eigentlich nur ein Flaum, und außer einem Artikel, der auch noch nicht veröffentlicht war, hatte der Kleine Heilige noch nichts geschrieben.

Aber er wäre natürlich auch gerne einer der ganz großen Missionare geworden, wie er sie aus den Geschichten kannte, die ihm seine Kindergartennonne im Kindergarten für die ganz kleinen Heiligen immer erzählt hatte. Jene Männer und Frauen, die in fremde Gegenden reisten und vergessene Völker fanden, die dann deren exotische Sprache lernten, und die schließlich ganze Indianerstämme bekehrten. Aber das Reisen lag ihm eigentlich nicht wirklich. Er vertrug ja zudem kaum das Essen beim Chinesen nebenan, wenn es mehr als „mittelscharf" gewürzt war, und Sprachen lernen war seine Sache auch nicht.

Dann hatte er darüber nachgedacht, dass er ja auch einer der Eremiten werden könnte, die in einer Höhle im Wald saßen. Die dort den Vögeln und den Rehen und Fuchs und Hase predigten, auf deren Kleidern schließlich Farn und Moos wuchs, weil sie sich so selten bewegten, so tief waren sie in Gebet und mystischer Meditation versunken. Aber zum Eremiten taugte er nicht. Da war er zu gerne mit den Menschen zusammen, ging zu gerne in die Disco und es machte ihm viel zu sehr Spaß, in Gesellschaft mit anderen zu lachen und fröhlich zu sein.

Nein, er war kein Großer Heiliger, würde es wohl auch nie werden, er war eben ein Kleiner Heiliger. Mit vielen Schwächen, einigen Träumen und ganz viel gutem Willen. Einer, der hin und wieder strauchelte, aber mit Gottes Hilfe immer wieder aufstand. Seinen Abschluss in Demutslehre zum Beispiel hatte er beinahe noch versaut, weil er so stolz auf seine Leistungen gewesen war. Und der Kurs „Alleine sein mit Gott in einer abgelegenen Hütte im Wald" hatte ihn nach 4 Tagen so gelangweilt, dass er heimlich zurück in die Stadt geschlichen war, wo etwas los war. Und war natürlich prompt dabei erwischt worden!

Aber er hatte den Heiligenschulabschluß dann doch noch geschafft, und seinen ersten Auftrag bekommen. Wie es bei Heiligen so üblich ist, hatte er natürlich keinen Brief bekommen, keine Handlungsanweisung, keinen Marschbefehl. So machte das die Himmlische Heiligenverwaltung nicht. Bei den Kollegen von der Abteilung für Propheten und Prophetinnen war das was anderes: die machten immer noch ihr „Und er hörte die Stimme Gottes"-Ding, wahlweise aus einem brennenden Dornbusch heraus, oder aus der Stille, einer Wolke, oder im Tempel. Die Heiligenverwaltung war da wesentlich ruhiger und unauffälliger. Denn was allen Heiligen gemeinsam ist, das ist, dass sie die Stimme Gottes, den Ruf des Himmels ganz still und tief in sich selber drinnen vernehmen können. Ein Wispern, ein Hauch, ein Drängen, mehr war es selten. Und der Kleine Heilige hatte es deutlich gespürt. Man schickte ihn nicht weit weg, an exotische Orte, und er sollte auch nicht zum Märtyrer werden, worüber er eigentlich ganz froh war. Sondern man schickte ihn an den Rand der großen Stadt. Dahin, wo die Häuser hoch und grau waren, wo tagsüber nicht viel passierte, außer dass ein paar alte Leute beim örtlichen Discounter von ihrer kleinen Rente das nötigste kauften; wo abends die Jugendlichen sich an der Bushaltestelle trafen; wo die meisten Leute zwar einen Job hatten, aber die Angst vor der Zukunft ein ständiger Begleiter war. Es war eine Gegend, von der man eher wegziehen wollte, als hinzuziehen. Eine Gegend also, wo ganz normale Menschen lebten, die versuchten, jeden Tag über die Runden zu kommen, mehr nicht. Und dahin sollte der Kleine Heilige gehen. Eine kleine Wohnung hätte er dort, und einen Job, der ihn tagsüber beschäftigte, und ihn ernährte. Gerade so wie der Heilige Paulus Zeltmacher gewesen war.

Hier war er nun, der Kleine Heilige, und wartete darauf, dass er etwas wirklich Heiliges zu tun bekäme. Und er wartete, und wartete. Aber so sehr er auch in sich hineinhörte, so sehr er auch lauschte und hörte, die Himmlische Heiligenverwaltung schickte keine neuen Anweisungen. Und so vergingen die Tage und wurden zu Wochen und Monaten, und aus Frühling, Sommer und Herbst wurde Winter. Und weil es zur Jahreszeit passte, begann der Kleine Heilige schließlich über Weihnachten nachzudenken. Er dachte an Weihnachtsmusik, an den Duft von Glühwein und an den Schein der Kerzen. Er dachte darüber nach, was er seinen Mitheiligen von der Schule zu Weihnachten schenken könnte und was er am 1. Feiertag kochen sollte. Er liebte Weihnachten, die Stimmung, die schönen Lieder und er freute sich jedes Jahr, wenn es endlich wieder Spekulatiuskekse gab. Er legte sich dann auch immer einen kleinen Vorrat davon an, damit sie auch nach Weihnachten noch eine Weile reichten. Und natürlich, hin und wieder dachte er auch, er war ja ein Heiliger, an die Weihnachtsgeschichte, daran dass Jesus Christus Mensch geworden war, in einem kleinen Dorf, weit weg im Heiligen Land. Und der kleine Heilige fragte sich, was denn das alles für ihn bedeutete, und für den Ort, wo er war, draußen am Rande der großen Stadt. Wo die Menschen keine großen Sprünge machen konnten und die Weihnachtsmusik hauptsächlich das Hintergrundgeräusch im Supermarkt war. Aber dennoch, alles in allem, mochte er die Zeit vor Weihnachten und freute sich auf das Fest der Geburt.

Dennoch: Irgendwie, tief in ihm drinnen fühlte es sich dieses Jahr nicht richtig an. Er wollte keine großen Stapel von Geschenken kaufen, nur um dafür andere Geschenke zu bekommen, die er dann nach Weihnachten gegen etwas anderes eintauschen würde. Wäre es nicht viel schöner, unter dem Jahr, immer mal wieder, ganz spontan etwas zu verschenken, wenn man gerade an einen lieben Menschen dachte? Und warum sollte er gerade an diesem Tag lauter ungesundes Essen essen, wo er doch sonst so auf eine gesunde Ernährung achtete? Eigentlich mochte er gebratene Gans und Glühwein doch gar nicht. Und seit er diesen Ohrwurm im Kopf hatte, diese Melodie, zu der sich diese seltsamen Worte gebildet hatten, da hatte er auch keine Lust auf Weihnachtslieder mehr: „Herbei oh ihr Kaufenden, fröhlich konsumieret,…" Nein, dieses Jahr machten nicht mal die Weihnachtslieder Spaß!

Und so beschloss der Kleine Heilige ganz spontan, Weihnachten ausfallen zu lassen. Er würde ganz unheiligen-mäßig Weihnachten boykottieren und einfach nicht mitmachen! Stellt Euch vor, es ist Weihnachten, und keiner geht hin!, so dachte er. Sollten die im Himmel, in der Heiligenverwaltung, doch toben! Er würde es dieses Jahr ganz bewusst und ganz und gar anders machen. Es würde keine Plätzchen geben, keinen Glühwein und keine Weihnachtsdekoration. Den Klassikradio-Weihnachtssender würde er bis nach den Feiertagen verstellen und überhaupt, er würde in seiner Wohnung bleiben bis der ganze Spuk vorbei sei.

Und so kam es dann, dass der Kleine Heilige am 24. Dezember alleine in seiner nicht-weihnachtsdekorierten Wohnung saß, Rockmusik hörte und eigentlich ganz zufrieden war mit sich und seiner Entscheidung. Er würde dem Weihnachtstrubel ein Schnippchen schlagen, Ha!, das wäre doch gelacht! Und er würde die Weihnachtsgeschichte im Lukasevangelium lesen, wie es sich gehörte, das wäre mehr als genug.

Er hatte gerade die ersten Verse gelesen, wo erzählt wird, dass es sich begab, zu der Zeit, und dass ein Gebot ausgegangen wäre, und dass Josef losgezogen war, mit Maria, seiner Braut, die war schwanger. Er hatte von der Geburt gelesen, und von der Krippe, und war gerade soweit, dass der Engel den Hirten erschien und zu ihnen sprach: ... Als es an der Tür klingelte.

Der Kleine Heilige erschrak. Niemand klingelte normalerweise bei ihm. Niemand klingelte bei irgendjemand hier im Haus, wenn man es nicht dringend musste. An der Türe stand eine alte Frau und er erkannte sie als seine Nachbarin, in der kleinen Wohnung am Ende des Ganges. Sie hatte vor Jahren ihren Mann verloren und ging seither kaum noch aus dem Haus. „Verschrecket se net!" sagte sie im breitesten Schwäbisch. „i han denkt, i breng ihne a bar Gutsle vorbei, wo doch heit Heilig Obend isch!"

Der Kleine Heilige war sprachlos und in seiner Verwirrung bat er die alte Frau herein, zu sich, in seine kalte, ungeschmückte Wohnung. Ob er ihr eine Tasse Tee anbieten könnte, fragte er, mehr sei grad nicht da. Er hatte ja eigentlich gar keinen Besuch haben wollen. In seiner Überraschung und Verwirrung hatte er jedoch tatsächlich vergessen, die Wohnungstüre wieder zuzumachen, was dann auch gleich Folgen haben sollte. Denn kaum war das Teewasser aufgesetzt, schauten die beiden jungen Männer von der Wohngemeinschaft von gegenüber herein. Um ehrlich zu sein hatte sich der Kleine Heilige schon so seine Gedanken über die beiden gemacht. Zwei junge Männer, die miteinander lebten, und immer zusammen kamen und gingen. Sie kämen grade von der Spätschicht und hätten die offene Türe gesehen, ob alles in Ordnung sei? Und weil der Tee gerade fertig, und es draußen eh so kalt war, blieben sie auf eine Tasse heißen Tee gerne da. Der Kleine Heilige wusste nicht so recht, was er tun sollte, oder was er mit diesen Menschen reden sollte. Er hatte doch nur in der Bibel lesen wollen, die Bibel, die nun aufgeschlagen, aber unbeachtet auf dem Tisch lag. Gerade kam so etwas wie ein Gespräch zustande, über das Wetter und dann den Stress im Beruf, als es an der immer noch offenen Türe klopfte. Ein dunkelbraunes Gesicht, mit strahlenden Augen und blendend weißen Zähnen schaute herein. Nein, es waren eigentlich mehrere Gesichter, denn die ganze orientalische Großfamilie, Flüchtlinge aus irgendeinem Konflikt, stand im Zimmer. Sie wohnten auch hier irgendwo auf dem Stockwerk, waren aber meist sehr für sich alleine. Sie hätten gesehen, dass die Türe offen stand, das sei ja wie daheim, wo man mit allen Nachbarn zusammenlebte. Ob sie reinkommen dürften, fragten sie, als sie schon drinnen standen. Der kleine Heilige kam sich sehr hilflos und überfordert vor. Natürlich dürften sie reinkommen, aber was sollte er denn mit all diesen Menschen anfangen? Aber dank der Plätzchen der alten Frau, und weil die Kinder spontan auf dem Fußboden spielten, und weil die Erwachsenen so lachen mussten über Satz- und Wortverdreher zwischen Schwäbisch, Hochdeutsch und welcher Sprache auch immer die Großfamilie untereinander sprach, war die Stimmung auf einmal ganz besonders. Und als die ausländische Ehefrau und Mutter beschloss, dass sie den Reis fürs Abendessen auch hier kochen könnte, da wurde es sogar sehr gemütlich. Mit ein paar Gewürzen dazu würde sie ohne Probleme etwas Leckeres kochen, das hätten sie in der Heimat auch immer so gemacht, da hätte sie gelernt, aus wenigem viel zu machen. Die beiden jungen Männer von nebenan holten ein paar Flaschen Wein und ein paar Flaschen Cola für die Kinder (damit es nicht nur Wasser und Tee geben sollte) und der Kleine Heilige eilte auch in die Küche, um nachzusehen, was in seinem Schrank noch so zu finden sei. Viel war es nicht, er hatte ja mit ruhigen Feiertagen gerechnet, aber er fand tatsächlich zwei geräucherte Forellenfilets in Plastikfolie und vier, fünf Brötchen zum Aufbacken. Die alte Frau ging auch noch einmal hinüber in ihre Wohnung, um die restlichen Weihnachts-Plätzchen zu holen, und zauberte, ganz besonders für die Kinder, nach einem alten Rezept von ihrer Oma - noch aus dem Krieg, wie sie sagte - aus Quark und Milch und etwas Honig, ein leckeres Dessert, worüber sich die Kinder unbändig freuten. Und der Kleine Heilige räumte die Bibel, die vergessen auf dem Tisch lag, weg und stellte ein paar Teller und Tassen und Gläser darauf, die alle nicht zusammenpassten, aber ihren Dienst taten.

Und so saßen sie beieinander und aßen und waren fröhlich, und dass es keinen Weihnachtsbaum gab, und keine Geschenke, und dass keine Lichterkette im Fenster hing, und auch keine Weihnachtsmusik im Hintergrund lief, das fiel gar niemandem auf.

Und da spürte der Kleine Heilige, als er so in die Runde blickte, tief in sich drinnen, so wie er es gelernt hatte und so, wie er es so lange erhofft hatte, dieses besondere Heiligkeitsgefühl, die Anwesenheit der Ehre Gottes. Und mit dem besonderen Blick, den Heilige manchmal haben, erkannte er, dass die Engel, die den Menschen Frieden verkünden und große Freude, nicht immer Flügel haben und junge, starke Männer sind, sondern manchmal alte, gebrechliche Frauen. Dass die Hirten nicht unbedingt Schafe hüten müssen, sondern vielleicht einfach nur gegenüber wohnen, auf der anderen Seite des Flures. Und dass die Heiligen drei Könige manchmal einfach nur Flüchtlinge sind, die mit ein paar geheimnisvollen Gewürzen wunderbaren Curryreis kochen können, der für die hungrigen Gäste Gold wert ist. Und der Kleine Heilige sah nun auch, was er vorher nicht gesehen hatte: Dass ein paar Fische und Brote viele satt machen können, wenn sie nur geteilt werden. Dass Wasser tatsächlich zu Wein wird, wenn Menschen miteinander feiern, anstatt einander aus dem Weg zu gehen. Und dass es tatsächlich einen Ort gibt, wo Milch und Honig fließen werden, und dass dieser Ort nicht irgendwann in der Zukunft sein wird, sondern in den Herzen der Kinder ist.

Und er hörte in seinem Inneren ganz deutlich, wie die Engel sangen: Ehre sei Gott in der Höhe und Frieden auf Erden bei den Menschen seines Wohlgefallens.

Nun werdet ihr fragen: Wer war denn dieser Kleine Heilige und wie heißt die Stadt, in der all das passiert ist, und wann ist es passiert? Nun, die Wahrheit ist, dass jede und jeder von Euch dieser Kleine Heilige ist, und es kann in jeder Stadt und jedem Dorf geschehen, jeden Tag, dort wo ihr die Tür aufmacht, und Weihnachten geschehen lasst.

Wie der Kleine Heilige einen Traum vom Weihnachtsengel hatte

Es waren graue, regnerische und viel zu warme Tage und Wochen gewesen in diesem Advent. Irgendwie wollte der Winter nicht so richtig kommen in der großen Stadt, in der der Kleine Heilige seine Stelle gefunden hatte. Grau war irgendwie das richtige Wort. Graues Wetter, graue Umgebung, graue Stimmung. Nicht dass der Kleine Heilige wirklich unglücklich war, denn das war er eigentlich gar nicht. Er hatte eine Aufgabe in einer kleinen Gemeinde gefunden, und auch sein weltlicher Job, den er brauchte, um die Miete zu bezahlen, war gar nicht so schlecht. Nur Weihnachtsstimmung wollte so gar nicht aufkommen in diesen Wochen vor Weihnachten. Und weil er eigentlich erwartet hatte, dass es irgendwie fröhlich, festlich und, nun ja, weihnachtlich werden würde, da bemerkte er die tagtägliche Grauheit des Lebens am Rande der großen Stadt besonders. Im Frühjahr war es gar nicht so schlimm. Selbst zwischen den Hochhäusern und den einfallslosen Wohnblöcken erwachten die Bäume und die Blumen in den kleinen Gärtchen zum Leben, und Vögel begannen wieder, um die Hausecken zu flitzen. Und auch der Sommer war nicht so schlimm. Natürlich musste er auch im Sommer jeden Tag zur Arbeit, aber die Tage waren erfüllt mit dem Lachen der Kinder vom Freibad nebenan, und es duftete nach frischen Würstchen, die der Nachbar jeden Tag auf seinen Grill legte. Nun ja, die Wahrheit war, dass vom Freibad hauptsächlich der Lärm von gefühlten tausend Kofferradios, MP3Playern und Smartphones herüberschallte und der Duft der Würstchen vom Geruch von brennendem Fett auf Holzkohle überdeckt wurde. Aber egal, der Kleine Heilige genoss es, hier bei ganz normalen Menschen zu wohnen. Und im Herbst war alles bunt, und es wurde nach der Hitze des Sommers wieder kühler und die Menschen um ihn herum genossen die lauen Abende, während die Blätter der Bäume bunt wurden.

Nur dieser Advent, der war einfach grau und kalt und regnerisch, die Menschen eilten von ihren Autos in ihre Wohnungen, keiner blieb im Nieselregen stehen, um ein Schwätzchen zu halten. Zwar gab es hin und wieder die erste Weihnachtsdekoration, aber die war entweder zu schrill, zu bunt und flackernd um schön zu sein, oder die Deko hing draußen im Einkaufszentrum von der Decke und da ging sie dem Kleinen Heiligen einfach nur auf den Nerv.

Außerdem sollte er doch, er war schließlich ein Kleiner Heiliger mit einem Auftrag der Himmlischen Heiligenverwaltung, Weihnachten vorbereiten. Das jedenfalls nahm er an. Denn mit der Himmlischen Heiligenverwaltung ist das so eine Sache: Wenn ein Heiliger seine Ausbildung zum Heiligsein abgeschlossen hatte, dann wurde er irgendwohin in die Welt geschickt. Dort sollte er leben und bei den Menschen sein. Und es war eben gar nicht so, dass jeden Tag ein Botenengel aus dem Himmel kam, mit genauen Anweisungen zum Heilig sein. Die Herren Oberheiligen da oben erwarteten wohl, dass man selber heraus-fand, wie das gehen sollte, mit dem Heilig sein auf Erden. So hatte der Kleine Heilige also beschlossen, dass es dieses Jahr sein Job sein würde, Weihnachten in seinen kleinen Vorort der großen Stadt zu bringen. So ein bisschen, wie es die Weihnachtsmänner in den Filmen im Fernsehen immer schafften! Wo ein Böse-wicht Weihnachten stehlen wollte und der Weih-nachtsmann, oder der Weihnachtself, oder das Weihnachtsrentier oder so, jedenfalls wo irgendje-mand in letzter Minute doch noch Weihnachten brin-gen würde. Wie gerne wäre er der Kleine Weih-nachtsheilige, der das Fest doch noch rettet!

Und nun war es schon der Abend des 23. Dezem-ber und der Kleine Heilige war weit hinter seinem Zeitplan her. Die Wohnung war nicht aufgeräumt, in der Küche stand noch das Geschirr von den Vortagen und dort drüben standen die ganzen kleinen Ge-schenkchen für seine Freunde, die alle noch nicht eingepackt waren. Aber zuerst musste er noch die Predigt für den Gottesdienst in der Heiligen Nacht schreiben, und er hatte noch nicht einmal eine Idee. Wie soll man denn alle Jahre wieder etwas Neues für die Predigt erfinden? Und er war so gar nicht in Stimmung für all das. Er würde sich erst noch mal in seinen Sessel setzen und ein bisschen ausruhen, nur ein Viertelstündchen, dann würde er gleich anfangen. Und so kam es, dass der Kleine Heilige am Abend vor Heilig Abend fest in seinem Sessel einschlief.

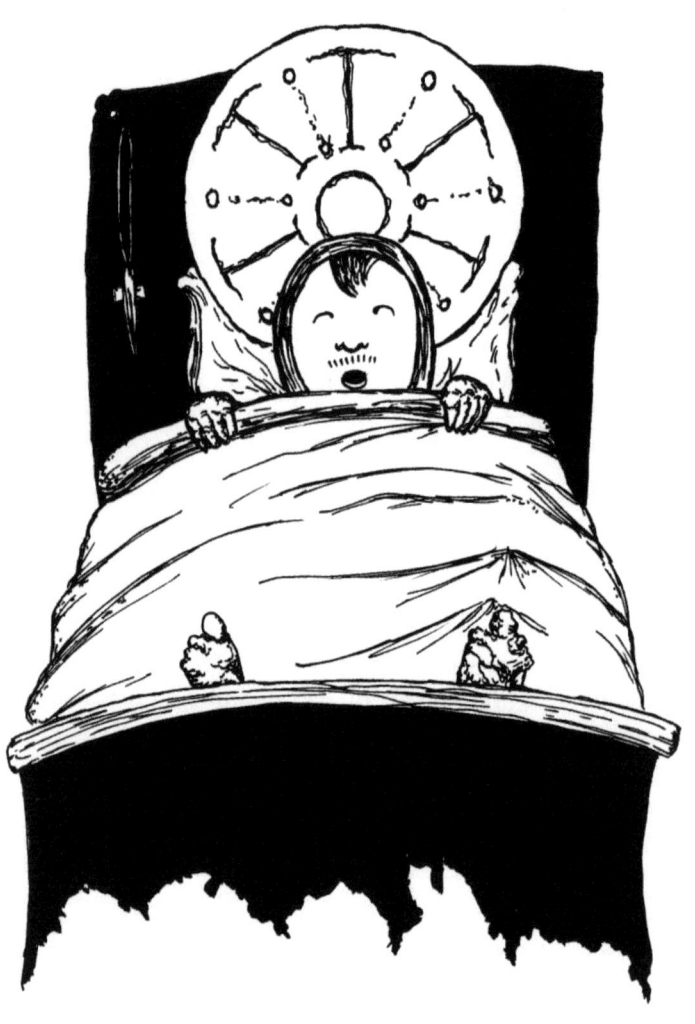

Im Himmel hatte jemand den Kleinen Heiligen ganz genau beobachtet in diesen Tagen vor Weihnachten. Es war ein Kleiner Weihnachtsengel, der den Kleinen Heiligen noch aus ihrer gemeinsamen Zeit an der Himmlischen Akademie für Engel und Heiligen her kannte. Schon damals hatte der Kleine Heilige seine Hausaufgaben und Semesterarbeiten immer erst in der allerletzten Minute fertig bekommen. Immer wieder hatte der Kleine Weihnachtsengel hinunterrufen wollen: Nun fang doch endlich an! Aber im Lärm der Welt können selbst Heilige manchmal nicht hören, was ihnen die Engel zurufen. Und außerdem verstand der Kleine Weihnachtsengel auch das Problem nicht wirklich.

Denn im Himmel ist es ja niemals grau und regnerisch und kalt. Im Himmel ist es nämlich immer genau so, wie es sein soll und wie man es gerade braucht. Da ist Frühling, wenn man Vögel zwitschern hören will, und Sommer, um faul in einer Blumenwiese zu liegen. Es regnet gerade genug, um Regenbögen zu sehen und man kann durch buntes Herbstlaub toben, wann immer man will. Und das alles und noch viel mehr an einem Tag! Und so war um den kleinen Weihnachtsengel herum natürlich das ganze Jahr Weihnachtsstimmung. Es schneite weichen, weißen Schnee, der glitzernd auf der Wolke liegenblieb, auf der er gerade saß, es duftete nach Glühwein und Weihnachtsplätzchen und von irgendwoher hörte man das helle Klingeln von Schlittenglöckchen und Kinderstimmen, die Weihnachtslieder sangen. Gerade so, wie man sich Weihnachten im Himmel eben vorstellt.

Als der Kleine Weihnachtsengel also sah, wie der Kleine Heilige da in seinem Sessel einschlief, erkannte er seine Chance. Denn es ist so, dass Engel und Heilige ja durchaus miteinander reden können, in Träumen und Wünschen und Hoffen. Und so wurde es auf einmal hell um den schlafenden Heiligen, und er spürte, wie ein Engel ins Zimmer flog. Natürlich erkannte er seinen alten Freund sofort. So lange hatten sie sich nicht mehr gesehen! Und wie schön es war, sich mal wieder zu treffen! Und nachdem sie eine Weile den neuesten Tratsch und Klatsch über Mit-Heiligen-Studenten und Engelsprofessoren ausgetauscht hatten, kam der Kleine Weihnachtsengel zum Punkt: „Was ist denn los?" fragte er, „Warum liegst du denn hier und schläfst, wo doch morgen Weihnachten ist!" Der Kleine Heilige murmelte verlegen etwas von „Keine Stimmung..." und „Weihnachten ist nur Kommerz..." und „Doofer Termin mitten im Winter, Sommer wäre viel besser." Der Kleine Engel verstand kein Wort. Weihnachten war doch toll!

„Komm mit, ich zeig Dir, was ich meine." Im Traum stand der Kleine Heilige auf, und gemeinsam flogen sie hinüber ins Einkaufszentrum. Hier herrschte, kurz vor den Feiertagen, das absolute Chaos. Gut dass sie fliegen konnten! Denn sie hätten vor lauter Menschen keinen Fuß mehr auf den Boden bekommen. Alle wollten noch schnell etwas einkaufen, hatten eine Zutat für das Rezept für gefüllten Truthahn vergessen, oder ein Geschenk für die Tante, oder wollten sich für die kommenden Tage mit mehr Sachen eindecken, als sie wirklich brauchten. Es war, als wäre es der allerletzte Tag, an dem man einkaufen könnte, und danach nie wieder. Und die Stimmung war dementsprechend: hektisch und gereizt. Mütter schimpften mit ihren Kindern, Väter mit ihren Ehefrauen, und sie alle drängelten die Kassiererinnen, die nichts dafür konnten und eigentlich heute auch nicht arbeiten wollten. Und das ganze wurde, um es vollends abzurunden, übertönt von amerikanischen Weihnachtsliedern, die in voller Lautstärke durch den Supermarkt plärrten.

„Siehst du", sagte der Kleine Heilige, „das ist die Zeit vor Weihnachten. Hektik, und Einkaufen, und die Angst, dass das Geld nicht reicht, um allen ein Geschenk zu kaufen. Ich weiß, mit Einkaufen habt ihr Engel es nicht, im Himmel gibt es ja glücklicherweise kein Geld. Aber diese Musik! Könntest du denn nicht wenigstens da was tun? Wie wäre es, wenn du die ganze Kommerzmusik mit süßlichem Winterwonderland und Schlittenfahrten und Weihnachtsmännern die Geschenke bringen wegwünschst und stattdessen richtige, gescheite Musik läuft. Die Lieder, die von der Herrlichkeit Gottes singen und erzählen, dass Gott aus dem Himmel heraus gekommen ist, um Mensch für Menschen zu werden?" Er strahlte. „Dann würden die Menschen vielleicht wirklich in andächtige Stimmung kommen, und vielleicht auch mitsingen. Weißt du, die englischen Texte kann doch eh keiner." Der Kleine Weihnachtsengel schaute seinen Freund traurig an. „Nein," sagte er, „das kann ich leider nicht. Für die Musik hier auf Erden sind schon die Menschen selber zuständig. Wir Engel singen im Himmel das Lob Gottes. Hier auf Erden müsstet Ihr das schon selber machen."

Nun gut, das verstand der Kleine Heilige natürlich. Aber er hatte ja noch mehr. Und so flogen sie durch die Straßen und über die Dächer der großen Stadt und der kleine Heilige zeigte dem Engel all die einsamen und traurigen Menschen, die dort unter ihnen herumgingen. Der Busfahrer, der in einem leeren Bus seine Runden drehte und froh war, dass er etwas zu tun hatte, statt daheim rumzusitzen. Die alte Frau nebenan, die wieder einmal umsonst auf Besuch gewartet hatte. Die beiden jungen Männer in der Wohngemeinschaft schräg über den Flur, die so gerne in die Kirche gegangen wären, wie in ihrer Kindheit. Die sich aber nicht mehr willkommen fühlten, seit sie offen zusammenlebten. Viele solcher Menschen und Geschichten sahen die beiden, als sie um die Häuser der Stadt flogen.

„Siehst du," sagte der Kleine Heilige, „das ist die Zeit an Weihnachten. Einsamkeit und Hoffnungslosigkeit, ganz besonders zu dieser Zeit, wo alle denken, es müsste jetzt gerade besser sein, als das übrige Jahr." Er wurde ganz aufgeregt. „Könntest du nicht da was machen? Dass die Leute nicht mehr so vereinzelt sind und so alleine. Dass sie wieder Gemeinschaft erleben, wie damals, als wir noch Kinder waren. Damit sie nicht so einsam sind, an den Feiertagen und auch danach?" Erwartungsvoll schaute er den Engel an. Der seufzte. „Nein, das kann ich leider nicht", antwortete er. „Für Gemeinschaft und Miteinander sind die Menschen schon selber zuständig. Wir Engel können die Menschen nur immer wieder rufen und einladen. Aber sich aufmachen und kommen, das müssen die Menschen schon selber machen."

Der Kleine Heilige war frustriert. Warum konnte der Engel denn nicht helfen? Aber eine Idee hatte er noch. Und so flogen die beiden an den Rand des Randes der großen Stadt. Hier, an der Endhaltestelle des letzten Busses hatten sie es gebaut, das Asylbewerberheim. Hier lebten die, die aus den Krisen- und Kriegsgebieten der Welt entkommen waren, die vor Armut und Verfolgung geflohen waren, und die es mit ihren Kindern geschafft hatten, zu uns zu kommen. Mit Engel- und Heiligenblick konnten die beiden sehen, dass es den Menschen dort eigentlich an wenig fehlte. Die Zimmer waren warm und sauber, es gab genug zu essen, und sogar ein paar gebrauchte Kinderspielzeuge waren abgegeben worden. Aber sie sahen auch, dass dort noch so viel fehlte: Es war kaum Toleranz zu sehen, und wenig Mitmenschlichkeit, es fehlte an Güte und Herzliches Willkommen war nur in ganz kleinen Stückchen zu finden. Aber bevor der Kleine Heilige den Engel wieder bitten konnte doch etwas zu tun, sagte der schon gleich: „Nein, ich kann dir auch hier leider nicht helfen. Für Willkommen und Güte sind die Menschen schon selber zuständig. Und für Toleranz und Akzeptanz müsst ihr Menschen schon selber demonstrieren gehen und

Euch gegen diejenigen wehren, die andere ausgrenzen wollen. Aber ich kann Dir versprechen, wo auch immer so eine Demonstration für Freiheit und Toleranz stattfinden wird, werden ganz viele Schutzengel dabei sein."

Sie waren wieder zurück im Wohnzimmer. „Verstehst du es denn nicht?" fragte der Kleine Weihnachtsengel. „Schau Dir doch die Krippe an. Ganz normale Menschen: Ein Paar, das ein Kind bekommt, mit all den Problemen, die das mit sich bringt. Ein paar Hirten, die ihre Nachtschicht im Stich lassen und zusammen kommen. Ein paar Ausländer, die ganz sicher eine ganz andere Religion haben als alle anderen." Er lachte. „Und sogar Ochsen und Esel und Schafe sind gekommen! Und mitten drin liegt ein kleines Kind, in dem Gott selber Mensch geworden ist. Das ist das, was Gott Euch Menschen geschenkt hat und das ist es, was immer wieder geschieht. Aber Weihnachten hier auf Erden ist nicht etwas, was einfach so passiert, weil der Kalender es sagt. Weihnachten müsst ihr Menschen schon selber machen!" Und als er das sagte, da leuchtete er noch einmal ganz stark und verschwand.

Das Licht blendete den Kleinen Heiligen und er wachte auf. Es war das Licht der Morgensonne, die ihm direkt in die Augen schien. Sein Rücken tat ihm weh, weil er die ganze Nacht auf seinem Sessel geschlafen hatte. Die ganze Nacht? Oh nein, es war Heilig Abend Morgen, er hatte verschlafen! Die Geschenke mussten noch verpackt werden, und er hatte immer noch keine Predigt! Erschrocken fuhr er auf. Er erinnerte sich an seinen Traum. Und während er sich erst mal unter die Dusche stellte und einen Kaffee kochte, reifte in ihm ein Plan. Wen interessierte denn schon eine Weihnachtspredigt. Er würde Weihnachten machen, ja, das würde er tun.

Die alte Dame von nebenan und die beiden jungen Männer staunten nicht schlecht, als plötzlich der Kleine Heilige von gegenüber an ihre Türe klopfte und ihnen ganz aufgeregt etwas von „Weihnachten machen" und „Der Kleine Weihnachtsengel hat immer wieder Nein gesagt" erzählte. Aber sie ließen sich anstecken und weil sie eh nichts Besseres zu tun hatten, halfen sie dem Kleinen Heiligen. Sie packten die geschnitzte Weihnachtskrippe, die er von seiner Mama geerbt hatte ein, mit den hölzernen Figuren aus Bethlehem, und stiegen zusammen in das viel zu kleine Auto des Kleinen Heiligen. Es war beinahe wie ein Wunder, dass sie im Supermarkt praktisch ohne Wartezeit an der Kasse einkaufen konnten: Essen und Trinken für ein Fest, viel Weihnachtssüßigkeiten, die schon für die Nachweihnachtszeit heruntergesetzt worden waren, und Spielsachen, und praktisch alle Weihnachtsdekorationen, die noch da waren. Und es war ein weiteres Wunder, dass die ganzen Sachen, mehrere Einkaufswagen voll, in den kleinen Kofferraum passten.

Und auch die Menschen im Asylbewerberheim wussten zuerst nicht so ganz genau, was sie von diesen Menschen halten sollten, die da plötzlich bei ihnen in ihrem Gemeinschaftsraum standen. Es dauerte eine Weile, bis sie verstanden hatten, was dieser kleine Mann ihnen da ganz aufgeregt erzählte. Zwar hatten sie alle schon Deutschkurse besucht, aber für eine begeisterte Erklärung, was hier geschehen sollte, reichte es dann doch nicht. Erst als der kleine Mann eine hölzerne Hütte aufbaute und ihnen erklärte, dass sie, die Asylanten, diese drei Figuren seien, schaut, mit dem Kamel!, da begannen sie zu verstehen. Offensichtlich ging es um ein großes Fest, das die Menschen hier in Deutschland feierten. Es hatte zwar etwas mit Religion zu tun, die sie nicht wirklich verstanden, aber sie verstanden, dass da jemand mit ihnen feiern wollte, sie willkommen heißen wollte in dieser neuen und fremden Welt. Und es wurde auf einmal etwas bunter in der grauen Stadt und das Lachen von Kindern erfüllte den Raum und der Duft von ganz unterschiedlichem Essen. Aus ganz vorsichtigen Versuchen, die fremdländischen Namen der anderen auszusprechen, wurde fröhliches Gelächter. Und der Raum füllte sich immer mehr, aber irgendwie schien immer noch ein zusätzlicher Stuhl frei zu sein am Tisch und die Töpfe und Pfannen wurden nicht leer.

Beinahe hätte der Kleine Heilige sein Handy überhört. Er hatte sich für den Heilig Abend Spätgottesdienst, an dem er ja predigen sollte, einen Erinnerungsalarm gestellt. Oh je, er sollte ja in einer halben Stunde dort sein und predigen! Und er hatte sich doch gar nicht vorbereitet. Nun war es aber sowieso zu spät. Er würde eben improvisieren müssen, irgendetwas würde ihm hoffentlich schon einfallen.

Und so kam es, dass der Kleine Heilige in einer vollen Kirche saß. Und als er so über die Gemeinde schaute und seine Predigt immer näher kam, da hörte er zum ersten Mal richtig zu, was die Gemeinde da sang: „Herbei oh ihr Gläubigen" sangen die Menschen und luden einander ein, zur Krippe zu kommen. Sie erzählten einander, dass da, wohl zu der halben Nacht, ein Kindlein geboren sei, eine Rose, eine Blüte, sei erblüht, mitten im kalten Winter. Sie jubilierten mit der Tochter Zion, jenem anderen Namen für Jerusalem, der Stadt, in der auch heute noch Zwietracht und Zorn und Krieg herrscht, und sie erzählten, dass der Friedfürst gerade dorthin kommt. Und als sie dann anfingen, die Hirten zu rufen, damit auch die Armen und Ausgestoßenen zur Krippe, zu Gott kommen sollen, da wusste er auf einmal, was er predigen würde.

Er würde den Menschen die Krippe zeigen, jenen Stall im Winter, wo eine junge Frau ein Kind geboren hatte; wo Menschen aus ganze unterschiedlichen Ländern und Hintergründen und Geschichten zusammenkamen; wo selbst Ochs und Esel, Symbole für die Lebenswirklichkeit der Menschen und die Weite der Welt ihren Platz haben. Und als er so im Kopf seine Predigt schrieb, die einfach nur wieder die gleiche Weihnachtsgeschichte sein würde, da blickte er hinüber zur Krippe, die in der Kirche aufgebaut war. Und er sah ganz genau, dass da, anstatt einer geschnitzten Figur, sein Freund, der Kleine Weihnachtsengel, über der Krippe schwebte. Und da wusste er auch, wie er seine Predigt beenden würde, bevor die Menschen dann „Oh Du fröhliche" und „Stille Nacht" singen würden: Er würde den Menschen erzählen, dass die Engel im Himmel die Ehre Gottes singen, und dass Gott Weihnachten werden lässt, überall und jeden Tag. Und er würde den Menschen sagen, dass für den Rest die Engel nicht zuständig sind. Nein, da können die Engel nicht helfen. Weihnachten machen, das müssen die Menschen schon selber.

Wie der Kleine Heilige ein Krippen-spiel plante

Es war August, und es war gar nicht wie Weihnachten. Eigentlich gerade das Gegenteil. Draußen schien die Sonne, es war heiß, und man wäre eigentlich viel lieber ins Freibad gegangen, als im Büro zu sitzen.

Der kleine Heilige aber fühlte sich schon seit ein paar Tagen sehr weihnachtlich. Vor ein paar Jahren war er ja von der Himmlischen Heiligenverwaltung hierher, an den Rand der großen Stadt geschickt worden. Anfangs hatte er sich sehr schwer getan, hier, wo es nicht so aussah, wie in der Werbung, sondern wo sich die Menschen Tag für Tag um ihr Leben bemühen mussten, wo sie Sorgen hatten und hin und wieder das Glück der Liebe erlebten. Es hatte eine Weile gebraucht, bis er sich eingelebt hatte. Am Anfang hatte er noch erwartet, dass er die Aufgabe bekommen würde, etwas ganz Großes, Besonderes zu tun: Eine Gemeinde zu gründen etwa, die wachsen und gedeihen würde oder großartige Predigten zu halten, zu denen die Menschen von weit her kommen würden, und die die Welt verändern könnten. Aber all das war nicht passiert. Stattdessen hatte er gelernt, dass er einfach nur bei den Menschen sein sollte, mit einem offenen Ohr, nicht mehr, aber auch nicht weniger. Das war gar nicht so einfach, wie es sich anhört, ganz besonders nicht an Weihnachten, wenn die Menschen in Weihnachtshektik verfallen, die so gar nichts mit dem Frieden der Heiligen Nacht zu tun hat.

Einmal hatte er Weihnachten sogar ganz ausfallen lassen wollen, und das nächste Mal hatte er es doch tatsächlich beinahe verschlafen! Das würde ihm dieses Jahr aber sicher nicht passieren, das hatte er sich fest vorgenommen! Dieses Jahr würde er Weihnachten gut vorbereiten und nicht erst am 20. Dezember damit beginnen, seine Weihnachtspredigt zu schreiben! Er würde auch früh genug beginnen, Weihnachtsgeschenke einzukaufen, und Plätzchen würde er dieses Jahr auch backen.

Und deshalb saß der Kleine Heilige auch mitten im August an seinem Arbeitstisch, die Klimaanlage war auf „Superkalt" gestellt, und er hatte den – in der Zwischenzeit vertrockneten - Adventskranz vom vergangenen Jahr herausgeholt. (Anzünden würde er die Kerzen aber nicht, die Zweige waren so trocken, dass er Angst hatte, dass der ganze Kranz Feuer fangen könnte.) Neben ihm stand eine heiße Tasse Glühwein und aus dem CD-Player erklangen Weihnachtslieder. Sicher würden seine Nachbarn ihn für verrückt halten, aber dieses Mal würde Weihnachten perfekt funktionieren, dafür würde er schon sorgen.

So saß der Kleine Heilige also da und wartete darauf, dass ihm der perfekte Einfall kommen würde, wie er Weihnachten mit den Menschen am Rande der Stadt feiern könnte, die ihm so sehr ans Herz gewachsen waren.

Hmm… die Einfälle wollten einfach nicht kommen, auch nicht nach dem zweiten Glas Glühwein. Von draußen zog der Geruch von Gegrilltem herein. Ihm lief das Wasser im Munde zusammen. Er könnte für die ganze Nachbarschaft Weihnachtsplätzchen backen. Nein, das war keine gute Idee. Mit Schaudern erinnerte er sich daran, wie seine letzten Kochversuche gescheitert waren. Es war echt schwierig gewesen, die angerückte Feuerwehr davon zu überzeugen, dass es nur ein Braten im Ofen war, und nicht ein Großbrand. Nein, keine Plätzchen.

Die Weihnachtslieder brachten ihn auf eine Idee: Er könnte ein Konzert veranstalten, mit den besten internationalen Weihnachtsliedern der ganzen Welt. Sicher würde sein guter Freund, der am Städtischen Theater die Musicals dirigierte, ihn am Flügel begleiten. Aber dann dachte er an die gequälten Gesichter derer, die ihm beim Singen in der Kirche zuhörten. Nein, ein Kleiner-Heiliger-Soloauftritt war kein so guter Plan, nun, da er darüber nachdachte.

Überhaupt, warum sollte er eigentlich alles alleine machen? In den letzten Jahren war es ja eigentlich immer dann besonders schön geworden, wenn alle miteinander etwas organisiert hatten und dann miteinander feierten. Hmm… da kam ihm ein Gedanke. Warum eigentlich etwas ganz ausgefallenes machen, wenn die guten alten Traditionen doch so viele Möglichkeiten boten. Ja, das war es! Er würde ein Weihnachts-theaterstück schreiben. Ein Krippenspiel! Etwas wo er für alle seine Freundinnen und Freunde und für alle Nachbarn eine Rolle finden würde. Wo sie einander und allen, die kommen wollten, die Weihnachtsgeschichte erzählen würden. Es würde natürlich nicht einfach nur das klassische Stück werden, wie damals im Kindergarten, geleitet von der netten Nonne, an die er sich so gerne erinnerte. Aber es würde auch nichts Supermodernes werden. Er hatte da schon eine Idee…

Und so setzte sich der Kleine Heilige an seine altmodische Schreibmaschine und begann zu schreiben. Und tatsächlich, die Worte flossen nur so aus seinen Fingern in die Tasten und auf das Papier. Die nächsten Wochen vergingen wie im Fluge! Schon nach ein paar Tagen des hektischen Schreibens bei hochsommerlichen Temperaturen hatte er eine Weihnachtsgeschichte geschrieben. Er war so stolz auf sein Manuskript. Nach Weihnachten würde er sich gleich hinsetzen und einen Brief an Heavenly Press Association schreiben, den himmlischen Verlag, bei dem alle Heiligen und Propheten und viele Pfarrerinnen und Pfarrer ihre Werke veröffentlichten. Bestimmt würden die nur zu gerne seine Geschichte veröffentlichen! Es war aber auch ein gutes Krippenspiel, das er da geschrieben hatte.

Engel kamen darin vor und die Hirten bei Ihren Schafen und Ochs und Esel. Und es gab eigene, kleine
Abschnitte für die Weisen, die dem Stern folgten, und
die Familie des Wirtes, die nicht so genau verstand,
was da in ihrem Stall passieren sollte. Natürlich gab
es tiefe theologische Einfälle und Besinnliches. Aber
es gab auch Streit und Action, und er hatte nicht vergessen, ein paar komische Rollen einzufügen. Diesen
Teil würden die drei Römischen Soldaten überneh-
men und selbst die Tiere im Stall würden mitspielen.
Selbstverständlich gab es auch die großen, klassi-
schen Rollen: Gabriel, der Maria die Geburt ankündig-
te, das war das Vorspiel vor dem ersten Akt. Und
Josef, der Ehemann, der vom Engel träumte. Und es
gab natürlich dann auch einen ganzen Chor von Engeln, die am Ende das große „Ehre sei Gott" singen
würden. Er hatte sogar noch eine moderne Version
davon geschrieben und sie gleich an seinen Freund,
den Musiker, gemailt, damit der eine fetzige Melodie
dazu komponieren würde, wie er es für Kinder-
musicals schon so oft getan hatte. Alles in allem war
der Kleine Heilige sehr stolz: ein Stück für die ganze
Familie, die Erwachsenen, wie auch die Kinder.

Natürlich würde er dieses Stück nicht mit Laien-
darstellern aus der Gemeinde aufführen können.
Nein, dazu bräuchte es geschulte Schauspieler und
Sänger und Sängerinnen, die das alles spielen könnten. Wie gut, dass er Beziehungen zu einem der Theater in der Stadt hatte! Und tatsächlich: Das Ensemble
des Theaters sagte spontan zu, sie würden auch ein

kleines Orchester mitbringen, und die Kostüme würden sie schon ein paar Tage vorher mitsamt ein paar Requisiten in die kleine Kirche bringen, in der das Stück aufgeführt werden sollte.

Inzwischen war der Winter gekommen, nur noch ein paar Wochen bis zum Heiligen Abend, und der Kleine Heilige wurde immer aufgeregter. Er hatte ein paar der Proben gesehen, und es war so beeindruckend, was da auf der Bühne entstand. Diese Stimmen, die Mimik, die Gesten, die Einfälle des Regisseurs! Und als dann auch noch das Orchester mit einstimmte, da wurde das Ganze noch beeindruckender.

Neben den Proben und seiner täglichen Arbeit machte der Kleine Heilige noch Werbung. Natürlich hatte er Flyer drucken lassen, die er an alle Menschen und Organisationen, die er kannte schicken wollte. Und an die Gemeinderäte und die wichtigen Menschen in der Stadt! Und an den Bischof natürlich auch! Aber dieses Jahr, da würde er ganz modern sein, und seine vielen Freunde per Email und auf Facebook und allen anderen Internetplattformen einladen. Es hatte Tage gebraucht, bis er herausgefunden hatte, wie man das macht. So etwas Wichtiges brachten sie einem ja nicht bei in der Himmlischen Akademie für Engel und Heiligen! Aber schließlich hatte er es doch noch geschafft, und hoffte, dass ganz viele Menschen kommen würden.

Und so vergingen der Sommer und der Herbst wie im Fluge und dann war es draußen kalt geworden, und regnerisch grau, in den Läden erschienen die ersten Spekulatiuskekse und die frühen Weihnachtsmänner und ganz plötzlich war es Dezember. Die Adventssonntage kamen und gingen und selbst der Kleine Heilige verfiel wieder, wie jedes Jahr, in Weihnachtsstress und Aufregung. Aber dieses Mal fühlte sich die Aufregung irgendwie gut an, wie damals in seiner Kindheit. Es war ein bisschen Lampenfieber, aber auch ganz viel Vorfreude.

In allen seinen Vorbereitungen, seinem Planen und Geschichten schreiben gab es aber auch einen Wehrmutstropfen. Ein paar Menschen, die ihm wichtig geworden waren in den letzten Jahren, hatten ihm in den letzten Wochen abgesagt. Es waren seine Freunde aus dem Haus, in dem er wohnte. Da war die alte Frau, die am Ende des Flures wohnte. Sie hatte ihm in seinem ersten Jahr, in ihrem breiten Schwäbisch, ein paar „Gutsle" vorbeigebracht, und er erinnerte sich nur zu gerne an den schönen Weihnachtsabend, den sie miteinander verbracht hatten. Seit sie regelmäßig zur Dialyse musste und im Rollstuhl saß, kam sie kaum mehr unter die Leute. Es sei ihr „halt elles a bissle viel" vor allem wenn da so viele Menschen und Kinder sein würden. Und diese moderne Musik, die sei ja auch immer so laut. Nein, er müsse bitte entschuldigen, sie würde nicht kommen.

Auch die beiden jungen Männer von gegenüber hatten abgesagt. Es hatte eine ganze Zeit gedauert bis die beiden den Mut gefunden hatten, ihm zu sagen, was er ja schon die ganze Zeit vermutet hatte: die Beiden waren nicht nur Mitbewohner in einer WG, sondern sie waren seit vielen Jahren ein Paar. Natürlich hatte der Kleine Heilige sich gefreut, das zu hören, aber es war eben auch ein trauriges Gespräch gewesen, als sie ihm von Ausgrenzung und Diskriminierung erzählten, und davon wie schwer es gewesen war, als schwules Paar eine Wohnung zu finden. Und sie erzählten auch, wie weh es getan hatte, als man ihnen nahegelegt hatte, den Kirchenchor ihrer alten Gemeinde zu verlassen, als bekannt wurde, dass sie ein Paar waren. Seither waren sie nicht wieder in der Kirche gewesen, und sie würden auch dieses Jahr nicht kommen.

Dass die nette Familie von nebenan, Flüchtlinge aus irgendeiner der Krisenregionen dieser Welt, nicht kommen würde, das war zwar schade, aber er konnte es verstehen. Die junge Frau hatte gerade ein Baby bekommen, und so richtig verstanden sie immer noch nicht, was dieses ganze Weihnachten eigentlich bedeuten sollte. Ja, da wäre der Sohn Gottes geboren, das hätten sie schon gehört, hatten sie ihm erklärt. Aber wie Gott einen Sohn haben könne, das verstanden sie nicht. Ihr Deutsch war zwar im letzten Jahr wesentlich besser geworden, aber was dieses religiöse Fest mit dem ganzen Konsum, der bunten Dekoration und der allgemeinen Hektik zu tun habe, das war ihnen vollkommen unklar. Der Kleine Heilige schämte sich ein bisschen, dass er ihnen das nicht besser erklären konnte. Aber schon in der Heiligenschule war er im Fach „Überzeugen und Missionieren von Menschen" nicht wirklich gut gewesen. Er dachte einfach, dass die Menschen schon ihren eigenen Weg zu Gott finden würden.

So kam es, dass der Kleine Heilige ein Krippenspiel plante, aber keiner seiner Freundinnen und Freunde dabei sein würden.

Dann war er da, der große Tag: die Kulissen und das Orchester waren aufgebaut, die Kostüme lagen bereit, die Generalprobe vor zwei Tagen war total danebengegangen, was wohl in Theaterkreisen als gutes Omen galt, und alle waren zufrieden. Alles ging gut, bis es am Morgen des Heiligen Abends plötzlich zu frieren und heftig zu schneien begann. Zuerst hatte sich der Kleine Heilige noch gefreut. Leise rieselte der Schnee und alles sah auf einmal ganz festlich aus. Als es dann aber weiterschneite, und weiter-fror, da fing der Kleine Heilige an, sich langsam Sorgen zu machen. Ob wohl der Herr Bischoff und die Landtagsabgeordneten und Gemeinderäte kommen würden, bei diesem Wetter? Was sollte er machen, wenn keiner kommen würde? Ganz aufgeregt lief er in seiner Wohnung auf und ab. Ob er der Stadt anrufen sollte, und fragen, wie die Straßenverhältnisse waren? Oder vielleicht doch lieber beten, dass das Wetter besser werden würde? Da klingelte das Telefon. Bestimmt einer der wichtigen Menschen, die er eingeladen hatte und der jetzt absagen würde. Jetzt, nur zwei Stunden vor der Aufführung! Ja, es waren wichtige Menschen, die ihm absagten: Die Schauspieler und die Musiker. Der Bus, in dem sie saßen, hatte eine

Panne, und bei diesem Wetter gab es keine Möglichkeit, dass sie noch rechtzeitig oder überhaupt zum Krippenspiel kommen würden. Er möge das bitte entschuldigen, aber das sei wohl Höhere Gewalt.

Der Kleine Heilige war entsetzt und verzweifelt. Fassungslos starrte er sein Telefon an. Sicher würde er gleich aus diesem bösen Traum aufwachen und alles wäre gut. Keine Schauspieler, keine Musiker, kein Krippenspiel. Wo er doch all die Leute eingeladen hatte! Was solle er denn nun sagen, was tun? Jetzt konnte er nicht mehr absagen, auch per Internet nicht. Eigentlich sollte er schon in der Kirche sein, um die Heizung anzustellen und das Licht einzuschalten. Es war eine Katastrophe!

Verzweifelt ließ er sich in seinen Sessel plumpsen. Das beste wäre wohl, wenn er die Kirchentüre einfach zulassen würde. Einen Zettel würde er hinmachen, auf dem stehen würde: „Dieses Jahr fällt Weihnachten wegen Auto-panne aus". Und dann würde er sich verkriechen und hoffen, dass dieses Weihnachten schnell vorbeigehen würde. Tränen der Enttäuschung und der Frustration liefen ihm über das Gesicht.

Da klopfte es an der Wohnungstüre. Auch das noch, er wollte jetzt niemanden sehen oder hören. Es waren seine Nachbarn, die alte Frau, das schwule Pärchen und die Flüchtlingsfamilie. Eigentlich hatten sie ihm nur ein paar kleine Geschenke vor die Türe stellen wollen. Aber nun wunderten sie sich, warum er noch hier sei? Müsste er nicht längst drüben in der Kirche sein, wo sein tolles Krippenspiel aufgeführt werden solle? Unter Tränen erzählte der Kleine Heilige was passiert war: Keine Schauspieler, kein Krippenspiel, aber egal, bei dem Wetter würde eh kein Mensch kommen. Und wen interessierte Weihnachten denn sowieso noch? Niemanden. Erschreckt schauten sich die Nachbarn des Kleinen Heiligen an. So hatten sie ihn ja noch nie erlebt. Er, der immer Hoffnung hatte und eine lustige Geschichte erzählen konnte, er, der sich immer so große Mühe gab, wollte einfach aufgeben?

Die alte Frau war die erste, die sich von ihrem Schreck erholte. „Also, so schlemm ist der Schnee doch gar net! En meiner Jugend, als I no a jongs Mädle war, do hots richtig gschneit! Bis zum Knie isch ons der Schnee ganga. Und mir send trotzdem end Kirch ganga, des machat mir au jetzt." Resolut wie sie war, hatte sie beschlossen, dass sie alle zusammen in die Kirche gehen würden. Nein, Widerspruch wurde nicht geduldet! Die beiden jungen Männer sollten ihr mit dem Rollstuhl helfen, die Frau von nebenan sollte die Kinder warm anziehen und das Baby mitnehmen, und der Kleine Heilige solle sich gefälligst nicht so anstellen! Es war ein kleiner Auszug aus Ägypten, der sich nur Minuten später zu Fuß und Rollstuhl auf den Weg machte hin zur Kirche.

Als sie dann in der noch leeren Kirche angekommen waren, war es wieder die alte Frau, die die einfache Frage stellte: „Warum sollen eigentlich nicht wir heute das Krippenspiel machen? Wir brauchen doch nicht irgendwelche Schauspieler, die uns etwas von lange vergangenen Zeiten erzählen." Sie könne sich, so erklärte sie, noch ganz genau an die Krippenspiele ihrer Jugend erinnern. Und sie sei sicher, dass sie praktisch jede Rolle aus dem Stehgreif spielen könnte, außer vielleicht die der Jungfrau Maria. Das würde man ihr dann in dem Alter doch wohl nicht mehr abnehmen. Aber alles andere, das wüsste sie noch, und die anderen sollten eben improvisieren! Der Kleine Heilige könne ja die restlichen Rollen spielen, in wechselnden Kostümen, und er könne notfalls als Erzähler auftreten.

Der Kleine Heilige schaute entsetzt in die Runde. Das konnte doch wohl nicht ihr Ernst sein? Wie sollte er denn jetzt, praktisch kurz vor dem Weihnachtsgottesdienst, die ersten Kirchenbesucher kamen gerade, ein Krippenspiel produzieren? Mit Leuten, die eigentlich gar nicht erwartet hatten, hier zu sein, die nicht hier sein wollten, und die keine Idee hatten, was sie hier eigentlich wirklich tun sollten.

Doch als er dann in die gespannten Gesichter seiner Freundinnen und Freunde blickte, und ihre leuchtenden Augen sah, da hatte er auf einmal wieder so ein Gefühl wie damals, als er sich auf den Weg gemacht hatte, ein Kleiner Heiliger zu werden. Auf einmal schien es ein bisschen heller zu werden um ihn herum. Vielleicht ging es ja gar nicht darum, was er vorbereitete, sondern das, was die Menschen selber erlebten und zu sagen hatten an Weihnachten. Ja, vielleicht war es ja gar nicht die große Show mit Theater und Musik und Licht und theologischem Wissen, die es an Weihnachten brauchte, sondern einfach nur die Geschichte, wie ein kleines Kind geboren worden war, und mit diesem Kind Gott auf die Welt gekommen ist.

Ja, das machen wir!, beschloss der Kleine Heilige spontan! Und während sich die Kirche langsam füllte, verteilte er Rollen und steckte die Menschen in Kostüme, die nicht passten, und sagte allen noch schnell, wo sie stehen sollten. Sein Freund, dem Musiker, der es mit seiner Frau doch noch geschafft hatte, sagte er, dass er einfach die altbekannten Weihnachtslieder spielen solle, wie jedes Jahr, und wenn seine Frau noch ein Trompetensolo spielen könnte, dann wäre das ganz klasse!

Und so begann das Krippenspiel, nachdem die kleine Gemeinde gesungen hatte: Herbei Oh ihr Gläubigen. Es waren nicht viele Menschen, die durch den Schneesturm gekommen waren, und der Gesang klang auch ein bisschen zaghaft und dünn. Von den wichtigen, eingeladenen Menschen war natürlich keiner da, aber das machte nichts. Irgendwie schien alles zu stimmen.

Die alte Frau hatte darauf bestanden, dass sie den Engel spielen wolle. Das sei die einzige Rolle, die sie nie hatte spielen dürfen, als sie noch ein Kind war. Mädchen könnten doch nicht Gabriel spielen, hatte es geheißen! Ha, denen würde sie es zeigen, in ihrem

Alter noch! Und so saß sie gleich zu Anfang in ihrem Rollstuhl einer völlig verängstigten jungen Flüchtlingsfrau gegenüber: „Sei gegrüßt, du Begnadete, der Herr ist mit Dir." Soweit hielt sich die alte Frau an den traditionellen Text. Dann aber improvisierte sie los: „Weisch, Mädle. Ich versteh schon, dass das hier alles zu viel für dich ist," sagte sie, „eine fremde Sprache, eine fremde Welt, aber ich sage dir: Gott ist bei Dir, Gott liebt dich, und Gott hat tolle Pläne für dich und Deine Familie. Denn du wirst eine Familie haben, und es werden wunderbare Dinge geschehen."

Eigentlich hatte die junge Frau gar nichts sagen wollen, aber ganz spontan antwortete sie, langsam und in gebrochenem Deutsch: „Ja, Angst. Angst ich habe oft. Aber hier nicht so viel Angst wie in Krieg wo ich herkomme. Ja, wenn du sagen, dass alles gut wird, dann Hoffnung ich habe. Auch wenn ich nicht verstehe, was genau wir hier machen."

Es war ganz still gewesen in der Kirche, als sie das sagte. Und es war still geblieben, als die beiden, ihr Mann und die junge Frau sich aufmachten, eine Herberge zu suchen. Der Kleine Heilige hatte die Rollen der drei Wirte selber übernommen, die Maria und Josef zuerst wegschicken und dann doch in den Stall lassen sollten:

„Nein," donnerte er, ganz in der Rolle des ersten Wirtes" Ihr kommt hier nicht hinein!" Es fiel ihm sehr schwer, das zu sagen, aber er musste in der Rolle bleiben: „ich kenn Euch nicht, womöglich führt ihr Böses im Schilde, habt irgendetwas vor, hier bei uns.

Wollt unsere Welt verändern! Nein, ihr müsst draußen bleiben!"

„Nein", sagte er auch nach einem superschnellen Kostümwechsel als zweiter Wirt. „Nein, ich will Euch hier nicht! Ihr wollt mich doch eh nur betrügen und ausnutzen, mir das bisschen was ich mir erarbeitet habe wegnehmen, wollt Euch bei mir ins gemachte Nest setzen. Nein, ihr müsst draußen bleiben."

Es war ihm so schwer gefallen das zu sagen, besonders als er die Tränen in den Augen der jungen Frau sah. Sie hatte solche Sätze wohl schon oft gehört. Er war froh, dass er nun den dritten Wirt spielen konnte. „Na gut, dann kommt eben rein," hörte er sich sagen. „Es wird zwar eng werden und schwierig, aber wir schaffen das schon, irgendwie."

Auch die beiden Hirten, die jungen Männer von gegenüber, waren furchtbar aufgeregt. Was machten sie beide denn hier? Schon vor langer Zeit hatten sie beschlossen, dass sie ihre eigene Welt aufbauen würden. Die Gesellschaft, die wollte sie nicht. Natürlich hieß es immer wieder, dass sie doch auch dazugehören würden, dass sie angekommen seien in der Gesellschaft, aber wenn es hart auf hart ging, dann war man nur bei seinesgleichen sicher. Eigentlich sollten sie jetzt im Club sein und tanzen und trinken, und diese ganze Weihnachtssache vergessen. Keiner wollte sie doch wirklich dabei haben. Was würde die Gemeinde wohl sagen, wenn sie wüssten, dass sie ein Paar waren?

„Fürchtet Euch nicht" sagte der Engel, in Gestalt der alten Frau. Dann war es aber auch schon wieder vorbei mit dem originalen Text. „Ihr braucht Euch nicht ausgeschlossen fühlen. Ja, ich weiß, die Gesellschaft ist nicht so, wie sie sein soll, und womöglich wird es noch schlimmer. Aber schaut, dort drüben, da ist ein Kind geboren. Gott ist bei uns, und schaut doch: eine Flüchtlingsfamilie, eine alte Frau, ein Kleiner Heiliger, dessen Pläne nie funktionieren, zwei Musiker, die für die ganzen Engelsorchester spielen sollen, und eine kleine Gemeinde, mit der die Chöre der Engel singen. Und genau hier passiert das Wunder. Und es passiert, wenn ihr kommt. Wir sind alle diejenigen, die wir sind, mit unserer Geschichte, mit unserem Glauben, mit unseren Fragen, mit unseren Zweifeln. Und schaut uns doch an: wir wissen alle nicht so genau, was wir machen. Wir können uns nur Mühe geben, ein bisschen mehr wie die Figuren in der Krippe zu sein. Also, geht jetzt da rüber und stellt euch zu den anderen, damit die Kinder mit den Engelskostümen endlich rauskommen können!"

Irgendwie sah es dann ganz richtig aus, als da Maria und Josef, die Hirten, der Wirt, Gabriel der Verkündigungsengel und die kleinen Sopranengel in der Kirche standen und die Gemeinde „Stille Nacht, Heilige Nacht" anstimmte.

Eigentlich hatte der Kleine Heilige für heute die Szene mit den Heiligen Drei Königen auslassen wollen. Kaspar, Melchior und Balthasar hatten ja ihren eigenen Feiertag in ein paar Tagen, und er hätte eh niemanden gehabt, den er auf die Schnelle in die

bunten Kostüme der drei Weisen hätte stecken können. Und wenn er nicht ein Kleiner Heiliger gewesen
wäre, der hin und wieder die Gegenwart Gottes spüren kann, dann hätte er diesen Teil des Krippenspie-
les verpasst. Denn gerade als die Gemeinde das
Weihnachtslied anstimmte, öffnete sich zaghaft die
Türe der Kirche. Es waren nicht drei, sondern zwei,
und es waren auch nicht Könige und Weise, sondern
zwei Obdachlose. Sie hatten das Licht in der Kirche
gesehen und waren aus dem U-Bahn Bahnhof, wo sie
Schutz vor der Kälte und der Dunkelheit gesucht hatten, herübergekommen. Ganz leise, ohne dass viele
Menschen sie bemerkt hätten, setzten sie sich in die
letzte Reihe und versuchten sich an die Gebete zu
erinnern, die sie gesagt hatten, früher, als es ihnen
noch besser ging. Und nur der Kleine Heilige sah es
und verstand, dass da Menschen gekommen waren,
die auf ihre Weise anbeteten und die Erinnerung
brachten an das, was sie verloren hatten.

So kam es, dass diese Heilige Nacht ganz ohne
Wunder auskam und ohne Engel. Und doch war da
ein Wunder geschehen: Menschen waren zusammengekommen und hatten einander das erzählt, was
sie von Weihnachten wussten. Nur mit der Vorbereitung, die das Leben ihnen gegeben hatte. Es war
nicht ein auf wunderbare Weise perfektes Krippenspiel geworden. Aber es kommt auch nicht auf das
perfekte Krippenspiel an. Weihnachten geschieht
nicht nur an Weihnachten. Es geschieht immer dann,
wenn Menschen zu Engeln werden, die mutig vom
Glauben erzählen; wenn sie ihre Angst und Unsicher-

heit wahrnehmen und dennoch Vertrauen lernen; wenn sie sich gegen Fremdenfeindlichkeit, Ausgrenzung und Neid stellen, auch wenn sie nicht wissen, wie sie es schaffen sollen; wenn sie sich einladen lassen und Grenzen überwinden; wenn sie Musik miteinander machen und lernen, miteinander fröhlich zu sein; wenn sie Türen aufmachen, um hereinzulassen und selber hineinzugehen. Dann wird Gott geboren in der Welt, Mensch unter Menschen, Emanuel, Gott mit uns.

Was wichtig ist an Weihnachten
oder
Wie es kam, dass die Heilige Nacht ganz anders verlief als geplant

Es war nicht mehr lange hin bis zu dem großen Ereignis. Und überall, bei den Menschen, bei den Engeln und bei den Tieren herrschte Erwartung, Vorfreude und Festtagsstimmung. Schon lange bevor jene besondere heilige Nacht geschehen würde, waren auf Erden und im Himmel die ersten Vorbereitungen in vollem Gange.

Irgendwo ganz weit entfernt in einem Land, wo die Menschen eine andere Sprache sprechen und seltsame Kleider tragen, wo das Essen anders schmeckt und die Luft fremdartig riecht, bereiteten sich drei Männer auf die Reise ihres Lebens vor. Ein Stern war an ihrem Horizont erschienen und als erfahrene Sterndeuter war ihnen gleich klar gewesen: So, wie dieser Stern da in den anderen Sternbildern stand, die Zeit und die Richtung und natürlich sein klarer heller Schein, all das konnte nur eines bedeuten: Es würde ein König geboren werden, ein wunderbarer Herrscher, ein Friedensfürst, ein ganz besonderer Mensch. Und es war ihnen auch relativ schnell klar gewesen: Dort müssten sie hin, sie müssten dabei sein, müssten es mit eigenen Augen sehen, damit sie einmal den Menschen davon erzählen könnten. Und so hatten sie geplant, und gepackt, hatten Lasttiere gekauft und Helfer angeheuert, und hatten ihre Terminkalender für die kommenden Monate freigeräumt. Wer konnte schon genau sagen, wie lange sie unterwegs sein würden? Dann hatten sie sich von ihren Familien und Freunden in einem großen Abschiedsfest verabschiedet und wollten aufbrechen. Bis ihnen, im letzten Moment, sie standen praktisch schon neben ihren Kamelen, noch einfiel: Sie hatten etwas vergessen! Sie brauchten Geschenke! Sie konnten ja schlecht bei diesem großen Königssohn auftauchen, und keine Geschenke dabei haben. Sofort brach Hektik aus, und Streit. Denn jeder der drei gab natürlich sofort den beiden anderen die Schuld, dass sie nicht daran gedacht hatten, wo er doch so viele andere Dinge vorzubereiten hatte! Natürlich hätte man sich schon früher darum kümmern können, aber da hatte man ja nie Zeit dafür gehabt. Und jeder der drei hatte natürlich eine klare Vorstellung davon, wie das Geschenk aussehen sollte:

Bedeutend sollte es sein und natürlich leicht zu transportieren, und wertvoll, aber nicht teuer, und schön verpackt sollte es sein, aber nicht angeberisch, und praktisch, und schön anzusehen auch noch. Am besten etwas, das nachher nicht im Palast herumstand und Staub fing. Geld schied gleich von Anfang an aus, das hätte ja nur bedeutet, dass man keine eigenen Ideen hatte. Kleidung schied vollständig aus, wer wusste denn heutzutage schon, was junge Menschen gerne anziehen, die heutige Mode war sowieso total unverständlich. Bücher gingen schon gar nicht, wer konnte schon sagen, was da gerade in Mode war. Pfeile und Bogen und ein gutes Schwert wären natürlich eine Möglichkeit, aber als weise Männer wollten sie keine Waffen und Kriegsspielzeuge schenken. So diskutierten die drei und überlegten und argumentierten und schließlich stritten sie sich so sehr, dass sie eigentlich gar nicht mehr hingehen wollten. Wenn es jetzt schon so losging, dann konnte die Reise ja heiter werden. Als sie sich dann endlich darauf einigten, einfach in den Basar zu gehen und zu sehen, was sie bekommen konnten, da war es beinahe schon zu spät. Die ersten Läden machten schon zu, und so nahmen sie eben, was sie bekommen konnten: Guter Weihrauch, da lag man immer richtig. Eine schöne Portion Myrrhe, die passte zum Weihrauch, und man konnte Salben daraus herstellen, und sie war total exotisch, das würde niemand anderes mitbringen, soviel stand fest. Und am Ende, kurz vor Geschäftsschluss, kauften sie noch ein schönes Kästchen, in das sie einige Goldmünzen taten. Eigentlich hatten sie ja kein Geld schenken wollen, aber wenn's nun halt mal nicht anders ging…. Und so machten sie sich endlich auf den Weg.

Im Himmel gilt natürlich unsere Zeit nicht, daher ist es schwer zu sagen, wann in der Ewigkeit die Engel mit dem Vorbereiten anfingen. Aber irgendwie begann der Vorlauf auf Weihnachten in der Zeitlosigkeit des Himmels etwa zur gleichen Zeit, als die drei weisen Männer sich dort unten Gedanken um die Geschenke machten. Überhaupt, diese Geschenke. Die Engel waren halb amüsiert darüber und halb verärgert über diese Menschen. Sie hatten natürlich genau beobachtet, was da unten auf Erden los war und hatten so auch den Streit um die Geschenke mitbekommen und die Hektik der Einkäufe in der allerletzten Minute. Es kam doch nicht auf die Geschenke an! Was dachten sich die Menschen eigentlich? Der Sohn des Allerhöchsten würde geboren werden, das große, nein, das allergrößte Geschenk, das Gott den Menschen machen würde! Und da dachten diese Menschen über ihre kleinen und kleinlichen Geschenklein nach! Unverständlich! Man sollte diese ganze Schenkerei abschaffen, bevor sie anfing! Kein Geschenkterror, sondern das Gefühl dieser Heiligen Nacht, darum ging es doch. Und wie besser könnte man Gefühle ausdrücken als durch Musik? Und durch einen wunderbaren Gottesdienst zur Heiligen Nacht? Daher hatten sich die Himmlischen Liturgieexperten schon vor Wochen zu ausführlichen Meetings getroffen, hatten über die Texte nachgedacht, die an diesem Tag gelesen, gesprochen und gesungen werden sollten: Teile der alten heiligen Schriften, und neue, freie Formulierungen, innovative Gebete, die die Menschen dort abholen sollten, wo sie waren, und dabei die richtige sprachliche Form hatten. Aber viel wichtiger war die Musik. All überall im Himmel probten Chöre und Orchester die Gesänge, die Oratorien und die Lieder: für jeden Geschmack sollte etwas dabei sein. Bei der Geburt des Erlösers sollte das Lob Gottes in alle Welt hinausschallen. Es war ein grandioser, liturgisch korrekter Plan, bis ins letzte Detail ausgedacht.

Auch in Bethlehem, einer kleinen, ziemlich unbedeutenden Stadt irgendwo im Hinterland von Palästina wurde heftig vorbereitet. Hier waren es aber nicht die Engel oder die Menschen, die sich mühten, um diese Nacht zu einer ganz besonderen zu machen, zu einer Heiligen Nacht. Nein, vorbereitet wurde diese Nacht einzig und allein von einer einzigen kleinen Gruppe, die schon wusste, dass da etwas Besonderes direkt vor ihrer Nase geschehen sollte. Oder sollte ich besser sagen: Direkt vor ihren Schnauzen? Denn es waren die Tiere im Stall, die sich vorbereiteten auf die Geburt dieses Kindes. Die Tiere wussten nämlich schon Bescheid. Anders als wir Menschen können die Tiere nämlich, hin und wieder, die Engel sehen und hören. Und weil die Engel da im Himmel solchen Krach machten, hatten die Tiere im Stall natürlich mitbekommen, was da bei ihnen geplant war. Ochs und Esel, die Schafe, und auch der Hofhund und die Hauskatze, sie alle wussten Bescheid. Sie hatten die Diskussionen der Engel über die Weisen gehört, hatten die Proben für die großen Gesänge mitbekommen, und hielten das alles für totalen Schwachsinn. Sie wollten viel praktischer sein. Wenn schon ein Fest stattfinden sollte, dann sollten die feiern, die sonst auch immer zusammen waren. Sie würden ihren kleinen Ort, den Stall, verteidigen gegen alle, die sich da hineindrängen wollten, seien es nun Engel oder Soldaten. Bei ihnen würde der Heiland geboren werden, und sie wollten dabei unter sich sein, ohne störende Fremde! Und dann würden sie alle zusammen kommen, als eine große, glückliche Familie, die Schafe und die Kühe und die Katze und der Hund, und es würde friedlich werden, und kein Streit würde sein, wie sonst immer, und man würde sich gefälligst vertragen und die Älteren würden nicht ständig meckern, und die Jungen würden Gedichte aufsagen und Lieder singen. Auch wenn die jüngeren Schafe dieses gemeinsame Singen vollkommen „uncool" fanden. Aber den Älteren war klar: singen gehörte dazu und sie würden daher auch singen, komme, was da wolle. Basta.

Und so bereiteten sich alle vor, um die Geburt des Erlösers im Stall zu feiern. Nun ja, nicht alle bereiteten sich vor. Es gab Menschen, für die war diese Nacht eine ganz gewöhnliche Nacht, eine Nacht, wie jede andere Nacht auch. Es waren Menschen, die sich keine Gedanken machen konnten über Geschenke. Denn das, was sie hatten, reichte grade mal für das tägliche Überleben, und oft war es dafür nicht genug. Es waren Menschen, die sich keine Gedanken machen konnten über große Musik. Nicht, weil sie ihnen nicht gefallen hätte, aber sie hatten am Ende einer langen Arbeitsschicht einfach keine Kraft mehr, sich auch noch auf kulturelle Großereignisse einzulassen. Es waren die Hirten, draußen auf dem Feld, die nachts auf ihre Schafe aufpassten. Sie waren vollkommen unvorbereitet auf das, was geschehen würde.

Und so kam es, dass diese Nacht endlich geschah, jene Nacht, die so gut vorbereitet worden war. Jene Nacht, die dann doch ganz anders ablief:

Denn als die drei Weisen aus dem Morgenland endlich in Bethlehem angekommen waren, nachdem sie viele, viele Tage und Nächte gereist waren, nachdem sie in Palästen gesucht und Schriftgelehrte befragt hatten, da sahen sie ihren Stern in Klarheit über einem Stall stehen. Und alles Nachmessen und noch einmal Durchrechnen der Berechnungen half nichts: in diesem Stall lag der gesuchte junge König, ganz sicher. Und so gingen sie hinein, und sahen das Kind, und jenseits von Verstehen sagten ihnen ihre Herzen, dass sie genau am richtigen Ort angekommen waren. Und als sie niederknieten, stellten sie ihre Geschenke ab, schoben sie zur Seite und vergaßen sie. Sie hielten einander an den nun freien Händen, hatten die Anstrengungen der Reise, alle Hektik und allen Geschenke - Streit vergessen. Und sie ließen einander nur los, um hin und wieder dem Kind über den Kopf zu streichen. Erst ein paar Tage später, als Josef mit Maria und dem Kind aufbrach, da fand er unter Heu und Stroh die Geschenke und war froh um das Gold, das ihm half, seine kleine Familie zu ernähren, den Weihrauch, der besondere Momente schön machen sollte und die Myrrhe, aus der Maria sich eine heilende Salbe zubereitete, die sie nach den Strapazen so gut gebrauchen konnte.

Auch die Engel erlebten, dass ihr schöner liturgischer Plan, all ihr Proben und Singen nicht so verlief, wie sie es sich gedacht hatten. Denn als der Heiland endlich geboren war, und sie endlich anfangen wollten mit dem Singen und dem Musizieren, geschah etwas Seltsames. Gerade eben, als der Engel, der das ganze große Himmelsorchester leiten sollte, seinen Taktstock heben wollte, da fiel sein Blick durch das löchrige Dach des Stalles direkt auf das Kind. Ganz friedlich lag es da, in den Armen seiner Mutter. Und weil die Engel nicht in und mit unserer Zeit leben, sah er noch mehr: Er sah das Kind, das von seinen Eltern lernte, er sah den jungen Mann, der sich auf seine Aufgabe vorbereitete, er sah, wie er für ein Fest das erste Wunder tat, und den Menschen Wein zum Feiern gab. Er sah, wie er sie lehrte, und ihnen von Gott erzählte, wie er sie heilte und rief. Er sah, wie manche Menschen ihm folgten und andere sich von ihm abwandten. Und er sah, wie dieses Kind als Mann, als Mensch unter Menschen sterben würde, so dass alle Leben haben. Und er sah, wie er wieder im Schoß seiner Mutter lag, die bittere Tränen um ihn weinten, und er sah, wie das Grab aufbrach, und das Leben siegte. Und auf einmal, da kam ihm all sein Proben und Singen unendlich klein vor. Was sollten sie, die Engel, da noch dazutun? Und auf einmal wusste er es: Er scheuchte seine überraschten Engelschöre hinaus aus Bethlehem, in den Himmel über den Feldern, hin zu einem kleinen Lagerfeuer. Und hier ließ er sie singen, laut und hell und schön, von der Ehre Gottes und vom Frieden auf Erden. Und er selber ging hin zu denen, die es sonst nicht wissen würden, und sagte ihnen, was heute Nacht geschehen war. Denn das konnte der Engel tun: die Menschen rufen, ihnen sagen, dass sie kommen sollten. Aufbrechen, sich aufmachen, das mussten die Menschen schon selber tun.

Mitten in der Nacht, als es eigentlich ganz still und dunkel sein sollte, umstrahlte die Hirten auf einmal Licht und Musik ertönte, und Gesang! Und aus diesem Licht und dem Gesang trat jemand hervor und sprach zu ihnen, zu ihren Ohren und zu ihren Herzen, und erzählte, dass da ein Kind geboren sei, das ihr Erlöser sein würde, der versprochene Heiland, der Sohn Gottes. Und sie sollten gehen und das Kind dort in einem Stall finden, in Windeln gewickelt wie jedes andere Kind, in einer Futterkrippe liegend, so wie sie es von ihren eigenen Kindern schon so oft gesehen hatten. Aber dieses Kind sollte die Welt verändern.

Und so brachen die Hirten auf, ganz unvorbereitet, ganz ohne Planung, und ohne Leitstern, ohne Geschenke und ohne musikalische Proben. Ohne zu wissen, was sie sagen sollten, oder wie sie diesen Tag feiern und begehen würden. Sie brachen einfach auf, machten sich in der Dunkelheit auf den Weg und fanden tatsächlich jenes Kind in der Krippe liegend, ganz so, wie es der Engel gesagt hatte. Schüchtern traten sie in den Stall und wurden ganz still im Angesicht dessen, was sie da sahen: ein paar seltsam gekleidete Männer, die erschöpft nebeneinander saßen und mit ihren Augen alles in sich aufnahmen, was geschah. Eine junge Frau, und ein nicht mehr ganz so junger Mann der neben ihr kniete, und ein Kind, das da in der Krippe lag. Nur ein Kind, ein Mensch wie sie, und doch ein Mensch, von dem sie spürten, dass er die Welt verändern würde. Und sie blieben einfach eine Weile da, in der Wärme, die Ochs und Esel abstrahlten, in der Sicherheit dieses Ortes, bewacht vom Hofhund, der neben der Türe lag. Und die einzige Musik, die sie hörten, war das Schnurren der Katze, die sich neben dem Kind zusammengerollt hatte und es wärmte. Denn die Tiere hatten gespürt, dass diese Nacht nicht ihnen alleine gehören würde, sondern der ganzen Welt, und sie hatten beschlossen, dem Kind und allen, die kommen würden, ein bisschen Wärme, ein bisschen Familie zu geben.

Und so wurde jene erste Heilige Nacht ganz anders, als sie geplant worden war. Die Geschenke, die die Weisen brachten, wurden unwichtig im Angesicht dessen, was den Menschen geschenkt worden war. Und dennoch verbreiteten sie später Freude bei den Beschenkten. Die Musik, die die Engel singen wollten, erhielt ihren Sinn, weil durch sie die Menschen von der Geburt des Erlösers hörten. Und das Familienfest, das die Tiere im Stall so gerne gehabt hätten, wurde zu einem noch viel größeren Fest, wo aus Fremden Freunde wurden. Aber am wichtigsten war, dass Menschen, die gar nicht geplant hatten zu kommen, aufbrachen, dass sie sich aufmachten und sich ansprechen ließen von Gott.

Ein wütender Gabriel

Gabriel, der Erzengel, war stinksauer und schlug mit der Faust ganz un-engelhaft auf eine zufällig vorbeifliegende Wolke, so dass der Regen, der Nebel und ein Regenbogen in hohem Bogen durch die Luft flogen. Er hatte ja viel geschluckt in dieser ganzen Sache, und brav seinen Dienst getan, hatte gemacht, was ihm aufgetragen war. Und er hatte sogar eingesehen, dass es Sinn ergab, besonders bei der Wahl des Mädchens. Ehrlich gesagt, seit er die junge Maria nun eine Weile beobachtet hatte fand er sogar, dass sie eine wirklich gute Mutter für den eingeborenen Gottessohn abgeben würde. Sie würde Gottes Auftrag annehmen, und sie würde ihrem Sohn eine liebevolle Mutter sein. Er hatte sich davon überzeugen lassen, dass die Geburt in einem einfachen, kalten und bestimmt stinkenden Stall in einem kleinen Kaff in Judäa stattfinden würde, und nicht im Tempel, oder wenigstens im Palast in Jerusalem. Auch dass nur drei obskure Sterndeuter aus dem Ausland und ein paar Hirten und andere einfache Leute zur Krippe kommen sollten, war irgendwie OK. Er musste entgegen seiner Wut grinsen: Die High Society von Jerusalem würde in diesem Stall auch wirklich lächerlich aussehen.

Aber das hier ging nun wirklich zu weit! Es konnte einfach nicht funktionieren! Er war sich absolut sicher! Er war ja nun schon eine ganze Weile da unten gewesen und hatte Maria beobachtet. Und da war es natürlich auch nicht ausgeblieben, dass er einen Blick auf diesen Josef geworfen hatte. Na ja, um ehrlich zu sein, war es viel mehr als einen Blick auf Josef gewesen. Schon bevor er losgeflogen war, hatte er sich die Akte von Josef, dem Verlobten von Maria, dem zukünftigen Ehemann, dem Stiefvater des Neugeborenen, kommen lassen. Und was er da gesehen hatte, gefiel ihm schon ganz und gar nicht. Erstens war er seiner Meinung nach zu alt und zweitens war dieser Bart eine echte Katastrophe.

Am Anfang seines Lebens hatte es ja noch ganz gut ausgesehen, aber dann tauchten da immer mehr Ungereimtheiten auf. Als junger Mann wäre Josef wahrscheinlich akzeptabel gewesen. Ein gut aussehender, fleißiger junger Mann aus gutem Hause. König David war Josefs Ur-Ur-Ur-Ur Opa gewesen. Na ja, genau genommen 26 Urs vor dem Opa. Es war eine etwas entfernte Verwandtschaft, aber es reichte. Er hatte dann auch, wie es von ihm erwartet wurde, als junger Mann die heiligen Schriften studiert, hatte aber nach der kürzest möglichen Zeit wieder damit aufgehört. Nun ja, er hatte ja auch noch das Zimmermannshandwerk gelernt. Und früher war er auch gerne und regelmäßig in die Synagoge gegangen. Als er aber älter wurde, ging er zwar noch, aber irgendwie sah es so aus, dass er nur noch dann ging, wenn es von ihm erwartet wurde. Es war ihm nicht wirklich etwas vorzuwerfen auf der rein gesellschaftlichen Ebene, aber irgendwas stimmte da nicht.

Das war genug Grund gewesen, einmal etwas genauer hinzusehen. Nun haben alle Engel, und der Erzengel natürlich ganz besonders, die Fähigkeit, in den Herzen der Menschen zu lesen. Dort zu sehen, wie die Menschen wirklich sind, was sie denken und fühlen. Auch die Dinge zu sehen, die die Menschen dort, in der Tiefe ihrer Herzen so erfolgreich vor sich selber verbargen: die über Jahre hinweg unausgesprochene Liebe ebenso, wie die nicht erfüllten Träume und Sehnsüchte. Die hellen Dinge, aber auch die dunklen Seiten: der Neid, die Unsicherheit und Hoffnungslosigkeit, und hin und wieder, in ganz schlimmen Fällen, auch der Hass. Manchmal war es nicht schön, so tief in die Herzen der Menschen zu schauen. Als Engel verstand Gabriel natürlich überhaupt nicht, wie die Menschen all das, das Gute wie das Schwere, in ihren kleinen, zerbrechlichen und verletzlichen Herzen verbergen konnten. Und am allerwenigsten verstand er, wie sie die Dinge dort so erfolgreich verstecken konnten. Nicht nur vor der Welt, sondern viel mehr noch vor sich selber. Bei den Engeln ist das ja ganz anders. Sie sind von Gottes Licht durchflutete Wesen, und was sie denken, fühlen, sagen und tun, das ist alles ein und dasselbe. Deswegen war Gabriel ja auch so misstrauisch geworden, und deshalb sah man ihm nun seinen Zorn und seine Aufgebrachtheit auch so deutlich an.

Denn was er da im Herzen von Josef sah, das gefiel ihm gar nicht. Ja, es stimmte, in seiner Jugend hatte er mit brennendem Herzen und mit wachem Verstand nach Gott gesucht. Wollte Gott in der Welt erfahren, ihm begegnen, wollte Gott verstehen. Er hatte begonnen, die Texte, die er schon als kleines Kind so oft gehört hatte, diese tollen Geschichten der berühmten Propheten, noch einmal zu lesen und zu studieren. Aber je mehr er sie las, und je mehr er sah und verstand, desto weniger fand er Gott in diesen Geschichten. Irgendwie sagte das alles viel mehr über die beteiligten Menschen aus als über Gott. Und als er dann auch noch anfing, die Gesetze zu lesen, und als er sie dann ab einem gewissen Alter alle selbst einhalten musste, da fand er sie, besonders als Jugendlicher, ganz und gar nicht hilfreich zum Leben. Nein, sie waren nur ein weiteres Instrument, um ihn einzuengen. Als ob sein Vater da nicht ausgereicht hätte, mit seiner ständigen Wiederholung, dass er dies nicht tun dürfe, und dorthin nicht gehen dürfte, weil das der Familie schaden würde, und sie seien ja immerhin Davids Familie.... Nein, die Gesetze halfen nicht, die engten nur ein. Und überhaupt, Gott so richtig begegnet war er in den Texten nicht. Manches war ja ganz schöne Dichtung, aber mehr auch nicht.

Er war dann eine Zeitlang dennoch regelmäßig recht begeistert in die Gottesdienste in der lokalen Synagoge gegangen, und war mit seiner Jugendgruppe auf jede nur erdenkliche Wallfahrt gegangen. Keinen Feiertag war er daheim gewesen, sondern war nach Jerusalem oder zu den Wüstenpredigern gepilgert. Aber der Gottesdienst in der Synagoge wurde mit der Zeit langweilig, und irgendwann hatte er sich zu alt gefühlt um noch den ganzen Tag durch die Gegend zu wandern und irgendwo auf dem Boden zu schlafen. Also ging er, als er dann älter wurde und seine Eltern ihn nicht mehr zwingen konnten, nur noch zum absoluten Minimum zu diesen Veranstaltungen. Wenn es halt wirklich nicht anders ging. Aber tief in der Tiefe seines Herzens, da wo Gabriel hinschaute, da erwartete er gar nicht mehr, dass irgendetwas passieren würde, dass er Gott tatsächlich begegnen würde, dass sich Gott für ihn interessierte, oder dass das alles irgendwas mit ihm selber zu tun hatte. Nein, er glaubte nicht mehr daran, dass er Gott erfahren könnte. Die Familie und die Nachbarn, eigentlich alle, hielten ihn für einen anständigen und rechtschaffenen Mann. War er ja eigentlich auch, aber eigentlich mehr wegen der Leute, und deswegen, was die Leute wohl über ihn sagen oder denken würden.

Nein, was Gabriel da im Herzen von Josef fand, bzw. nicht fand, das gefiel dem Engel gar nicht. Warum hatte der Herr denn nicht überhaupt einen anderen Mann für Maria, einen anderen Pflegevater für das neugeborene Baby, ausgesucht? Manchmal verstand auch ein Erzengel seinen Chef nicht. Einen ausgebildeten und erfahrenen Propheten hätte er raussuchen sollen, zum Beispiel. Mit denen konnte man wenigstens klar und deutlich reden. Propheten hörten die Stimme Gottes, und was so ein richtiger Prophet war, der tat auch die unsinnigsten Sachen, wenn die Stimme Gottes es befahl. Da gab es unzählige Beispiele dafür, die waren so was gewohnt. Oder einen der Gelehrten im Tempel! Die kannten die heilige Schrift ja nun wirklich in und auswendig und würden ja wohl gleich die Zusammenhänge zwischen der jungfräulichen Geburt und den Prophezeiungen bei Jesaja erkennen. Denen müsste man es nicht erst erklären. Oder wenn schon, dann einen der jungen Adligen aus Jerusalem. Die sahen erstens besser aus als der alte Zausel Josef und außerdem würde es dann keine finanziellen Probleme für das junge Paar geben. Auf jeden Fall aber sollte es jemand mit einem guten, gefestigten und soliden Glauben sein.

Aber so einem Menschen, einem mit seltsamen Erwartungen an Gott und gleichzeitig mehr Zweifeln und Gleichgültigkeit als richtigem, soliden Glauben, so einem traute Gabriel natürlich alles zu. Soviel verstand auch er als Engel von den menschlichen Beziehungen, dass er wusste, dass es für Josef, den Mann, nicht einfach sein würde, die jungfräuliche Schwangerschaft seiner jungen Verlobten zu akzeptieren. So einer würde bestimmt ausrasten, womöglich würde er etwas Unüberlegtes tun, im schlimmsten Fall auch gewalttätig werden. Mit Maria war natürlich alles gut verlaufen, als er ihr verkündigt hatte, dass sie Gnade vor Gott gefunden hatte und schwanger werden würde. Wie nicht anders erwartet, hatte sie Ja gesagt, und nun würde es halt seine Zeit dauern. Aber bei Josef war er sich überhaupt nicht sicher. Daher beschloss er als persönlicher Leibwächterschutzengel bei Maria zu bleiben. Und so stand er dann auch, mit hochgekrempelten Ärmeln neben Maria, als sie Josef erzählte, was geschehen war. Eine falsche Bewegung, und Josef würde so eine auf die Nase bekommen, dass ihm Hören, Sehen und seine ganzen Zweifel und Fragen vergehen würden. Gabriel hatte extra Boxunterricht beim Erzengel Michael, dem Kämpfer unter den Erzengeln, genommen, nur um sicher zu sein.

Aber Josef verhielt sich wieder vollständig gesellschaftsfähig, angepasst und darauf bedacht, nur keinen Skandal zu verursachen. Ja, er würde Maria nicht in Schimpf und Schande davonjagen, aber eigentlich auch nur, weil er an seinen eigenen Ruf dachte, und nicht weil er das glaubte, was Maria ihm da erzählte, und schon gar nicht, weil er glaubte, dass Gott in die Welt kommen würde. Nein, so beschloss er in der Tiefe seines Herzens, er würde Maria still und heimlich loswerden. Was sollten die Leute denn von ihm denken?

Es war pures Glück, dass Josef bei dieser Gelegenheit nicht eine Engelsfaust auf die Nase bekam! Gabriel war nur so geschockt gewesen, dass er praktisch ganz gelähmt war. Maria alleinlassen! Mit dem Kind! Was dachte der Typ sich eigentlich? Das wäre eine Katastrophe. Wer würde sich um die Mutter kümmern, wer um das Kind? Der Kleine würde es auch so schon schwer genug haben, aber bei einer alleinerziehenden Mutter, nein, das ging gar nicht. Nach einer Weile hatte sich Gabriel beruhigt und eingesehen, dass er natürlich Josef den Glauben nicht einfach mit den Fäusten einprügeln konnte. Diese

Möglichkeit hatten die Engel übrigens schon oft und ausführlich mit dem Allmächtigen diskutiert. Wenn er sie nur machen ließ, sie würden den Menschen schon den Glauben vermitteln, die Sprache der Fäuste verstanden sie ja! Ein paar auf die Nase von einem Engel, was glaubt ihr, wie schnell die Menschen glauben würden? Das war eines der Argumente, die sie vorgebracht hatten. Aber der Allmächtige hatte es nie zugelassen. Die Menschen sollten die Freiheit der Entscheidung haben, sagte er wieder und wieder. Da versteh ein Engel mal seinen Chef!

Und so beschloss Gabriel, es mit einem Traum zu versuchen. Denn einfach mit ihm reden, das würde nicht funktionieren, dazu war Josef nicht offen genug. Ein Traum, so etwas Umständliches aber auch! Zuerst hatte Gabriel daran gedacht, Josef im Traum mit in den Himmel zu nehmen, ihm die Herrlichkeit der Himmlischen Heerscharen zu zeigen, Ihn zu überwältigen mit der Schönheit und Majestät, die dort herrschte. Er würde mit ihm hoch über die Wolken fliegen, ihm zeigen, wie klein er und seine Welt waren, vielleicht ihm den Thronsaal Gottes von Ferne zeigen. Doch dann fiel ihm ein, dass ja schon die normalen Engel Schwierigkeiten hatten, die Größe und die Heiligkeit Gottes anzusehen und zu ertragen. Das war ja mit einer der Gründe, warum der Allmächtige sich diese ganze Sache mit der Menschwerdung ausgedacht hatte, damit sie ganz eng zusammenkommen konnten, Gott und Menschen. Dann würde er Josef eben in diesem Traum alle Propheten, die etwas zu diesem Thema gesagt hatten, vorstellen:

Jesaja natürlich und Jeremia und Maleachi und die Psalmisten natürlich. Aber auch diese Idee verwarf Gabriel schnell wieder. Wahrscheinlich würde Josef die Propheten gar nicht erkennen. Die Menschen dachten ja immer, die Propheten wären diese großen Glaubenshelden, religiöse Übermenschen. Josef würde es kaum glauben, wenn er sehen würde, dass die berühmten Propheten auch nur ganz normale Männer und Frauen gewesen waren, wie er auch. Nein, das Beste wäre wahrscheinlich, ihm einfach zu erscheinen, ohne großes Brimborium, und ihm in ein, zwei Sätzen zu sagen und zu erklären, was Sache war. Das hatte bei Maria ja auch funktioniert. Denn auf ein theologisches Verstehen brauchte er wohl auch nicht zu hoffen. Warum war Josef aber auch nicht ein Gelehrter! Und wenn das nicht helfen würde, dann könnte er ihm ja immer noch eins auf die Nase geben! Er würde da sein und aufpassen, dass Josef keine Dummheiten machte!

Josef hatte viel nachgedacht in den letzten Wochen und Monaten seit Maria ihm gesagt hatte, dass sie schwanger sei und seit er angefangen hatte, so seltsame Träume zu haben. Ja, es stimmte schon, sein Glaube war etwas eingerostet und in keinster Weise so frisch und brennend wie der seiner Frau. Aber die war ja auch noch so jung! So gerne hätte auch er Gott erfahren und erlebt, hätte Gott hautnah begegnen wollen und nicht nur aus zweiter Hand, aus Erzählungen und in Ritualen. Aber irgendwie war ihm das alles verloren gegangen im Laufe der Jahre und übrig geblieben war nur eine mehr oder lieb gewonnene, langweilige Gewohnheit.

Doch dann hatte Maria ihm erzählt, was ihr passiert war. Er hatte sich wieder und wieder erzählen lassen, was der Engel ihr gesagt hatte. Josef hatte auch gehört, was sie zu Elisabeth, ihrer Cousine gesagt hatte. Wer hätte gedacht, dass seine Maria so schön singen konnte, von der Veränderung der Welt durch Gott! Und er hatte seinen Träumen wieder geglaubt. Sollten nicht die Alten Träume haben und die Jungen Visionen? Oder war es umgekehrt? Er war sich nicht mehr ganz so sicher, was da bei den Propheten stand.

Und nun saß er hier, in dieser zugigen, stinkenden Hütte von Stall, neben Maria, die sich von der Geburt erholte. Gott sei Dank war alles gut gegangen! Und irgendetwas ganz besonderes war geschehen in dieser Geburt. Auf einmal war ganz viel Gutes und Schönes in der Welt. Durch ein Loch im Dach konnte er den Sternenhimmel sehen und es kam ihm so vor, als ob da ein Stern ganz besonders bunt leuchtete und funkelte. Und auf einmal war es gar nicht mehr so kalt und stinkig, und auf einmal war es auch gar nicht mehr so schlimm, dass der Kleine nicht von ihm war. „Immanuel, Gott mit uns", hatte der seltsame Engel mit den hochgekrempelten Ärmeln und den geballten Fäusten in seinem Traum gesagt. Sollte es wirklich so sein, dass das, was er immer gewollt hatte, tatsächlich geschehen war? Dass Gott da war, dass Gott in das Leben der Menschen gekommen war, in sein, in Josefs Leben hereingebrochen war? Er schaute auf Maria und auf das kleine Kind in ihrem Arm und er hätte schwören können, dass die beiden leuchteten! Und auf einmal da war ihm, als würden tausend Engel mit wunderschönen Stimmen um ihn herumfliegen und von Gottes Ehre und von Gottes Friede singen. Und so oft er sich auch die Tränen der Freude aus den Augen wischte, das Leuchten wollte einfach nicht weggehen. Und als ihm dann später ein paar Hirten erzählten, dass ein Engel ihnen genau das gesagt hatte, und dass sie sich nicht fürchten sollten, da wusste er, dass er Recht hatte. Gott war da! Ganz und gar nicht so, wie er es erwartet hätte: nicht in großer Majestät, aber überwältigend; nicht mit Verstehen in seinem Verstand, sondern mit Klarheit in seinem Herzen und Leben; nicht mit Macht und Gewalt, sondern mit Frieden. Immanuel, Gott mit uns.

Gabriel war die ganze Zeit daneben gestanden, während der Geburt und danach. Und je mehr die Realität dessen, was da gerade geschehen war, ins Herz und in den Verstand von Josef einsickerte, desto mehr entspannte sich der Erzengel. Er öffnete die Fäuste, die er so lange geballt gehabt hatte und krempelte die Ärmel seines Gewandes herunter. Er fing an zu strahlen. Ja, es würde alles gut werden. Jetzt wusste er auch, dass er getrost würde losfliegen können, zu den Hirten auf dem Feld, die kommen sollten, das Kind in der Krippe zu sehen. Und so flog Gabriel mit starken Engelsschwingen hinüber zu den Hirten bei den Schafen. Und weil er wusste, wie angespannt er die letzen 9 Monate gewesen war, rief er ihnen zuerst einmal zu, dass sie sich nicht zu fürchten brauchten, nein, er würde ihnen keines auf die Nase geben, nein, ganz im Gegenteil, er hätte große Freude zu verkündigen. Und als er das sagte, da merkte Gabriel, der Erzengel, dass er sich selber gar nicht so sicher war, was er mehr meinte: Dass heute der Heiland geboren war, oder dass tief im Herzen von Josef, dem Zimmermann, sich so viel verändert hatte, dass dort auf einmal Platz war für Gott. Und er verstand, warum Gott Mensch hatte werden müssen: Damit Gott ganz nah bei diesen Menschen sein konnte, die Gott so sehr liebte und sie ganz nah bei ihm. Und mit seinem tiefen Erzengelbass stimmte Gabriel in den Gesang der kleinen Sopranengel ein, die über dem Feld und über dem Stall sangen: Ehre sei Gott in der Höhe und Friede auf Erden bei den Menschen seines Wohlgefallens.

Wie die drei Weisen das Christuskind doch noch fanden

Schließlich hatten sie sich, nach viel hin und her, doch noch auf die Delegation geeinigt, die den neuen König suchen und ihm Ehre erweisen sollte. Caspar, der königliche Chefastrologe sollte auf jeden Fall dabei sein. Er hatte den Stern, der die Geburt eines neuen, mächtigen Königs, der die Welt verändern sollte, schließlich entdeckt. Nun ja, es war eigentlich ein unbedeutender Unter-Assistenz-Astrologe gewesen, der in dieser Nacht eben Dienst gehabt hatte, aber das zählte nicht. Caspar war es gewesen, der berechnet und gedeutet hatte, was dieser Stern, der jede Nacht heller strahlte zu bedeuten hatte.

Leiten sollte die Gruppe Melchior, ein junger, aufstrebender Diplomat am Hofe, der schon des öfteren durch kluge Verhandlungen und instinktsichere Ratschläge aufgefallen war. Sollte er diese Aufgabe auch zur allgemeinen Zufriedenheit lösen, dann stünde einer großen Karriere nichts mehr im Wege.

Der dritte im Bunde war der Hofbibliothekar Balthasar. Sein enzyklopädisches Wissen, seine Fremdsprachenbegabung und seine Fähigkeit, in Texten das Wesentliche herauszulesen und herauszufiltern, machte ihn zu einem wichtigen Mitglied der kleinen Gruppe, die da in unbekannte Lande ziehen sollte. Zuerst hatte der alte Herr sich heftig geweigert: Zu alt sei er, die lange Reise sei zu anstrengend, und von Kamelen verstünde er auch nichts, sagte er, und überhaupt: Warum sollte er seine schöne Bibliothek verlassen, und seine Bücher, seine Notizen und die Abhandlung an der er gerade schrieb? Man solle jemand anderes schicken, jemand jüngeres und er sei eh der Falsche für diese Aufgabe. Was gingen ihn, einen Mann des Wortes, Könige an. Erst ein direkter Befehl des Königs, der ganz klar machte, dass es hierbei auch um das Budget für die Bibliothek im nächsten Jahr ging, ließ Balthasar seine Meinung ändern.

Nachdem also klar war, dass sie alle drei aufbrechen würden, begannen sie, ihre Sachen zu packen und sich auf die Reise vorzubereiten. Woher sollten sie wissen, wie lange sie unterwegs sein würden? wohin ihre Reise sie führen und was auf sie zukommen würde?
Und so packten sie Kisten und Satteltaschen, und Beutel und Behälter. Jeder suchte die Instrumente und Werkzeuge seines Berufes zusammen, Dinge, von denen sie dachten, dass es nützlich sein würde.

Caspar, der Astrologe, nahm seine Sternenkarten und Diagramme mit, die neuesten Berechnungsformeln und Überlegungen zu den Bahnen der Gestirne. Kleine Apparate, die er Sextanten und Okulare, Winkelmesser und Fernrohre nannte; komplizierte Strukturen aus Holz und Metall, mit Skalen und Schiebern mit Hebeln und Rädchen; eine kleine abdeckbare Lampe, so dass er im Dunkeln lesen konnte, ohne sich zu blenden, und Rechenschieber, um alles zu berechnen. Alles packte er, nachdem er ausführlich versucht hatte, seinen Mitreisenden zu erklären, warum diese Dinge wichtig waren, in weiche Tücher ein und verstaute sie sorgfältig. Er war verstimmt. Wieder einmal hatten die Laien nicht verstanden, wie wichtig seine Wissenschaft, seine Instrumente und natürlich er selber waren. Sie hatten ihn doch tatsächlich bei jedem Teil gefragt, ob das nicht zu groß, zu schwer, zu sperrig, zu kompliziert sei, um es mitzunehmen. Wie sollten sie den König denn finden, ohne ihn und sein Wissen und Verstehen?

Auch Balthasar war verstimmt. Eigentlich war er gar nicht mehr gut gelaunt geworden, seit dem Moment, wo klar war, dass er mitmusste. Aber die Diskussion über sein Gepäck brachte das Fass zum Überlaufen. Erklären sollte er, warum er seine Sachen dabei hatte! Glaubten die denn tatsächlich, dass er ohne ein Minimum an Büchern loszog? Dabei hatte er doch nur die Lexikas eingepackt. Und die Wörterbücher. Und die Atlanten. Und die Landkarten und die Reiseberichte und die Bücher über Herrschaftslisten ausländischer Länder und über höfische Etikette. Und nur ein paar wenige Standartwerke über Botanik, Zoologie, Geologie, Mineralogie, Meteorologie, Theologie, und vergleichende Religionswissenschaft. Wie sollte er denn ohne dieses Wissen auskommen? Wollten die Herrschaften ihm denn vielleicht auch noch sein Schreibgerät und die Notizzettel verbieten?

Auch der junge Diplomat Melchior war ungehalten. Allerdings nicht so sehr über das, was er dabeihatte, sondern das, was er nicht mitbekommen hatte. Mit hochrotem Kopf war er aus dem königlichen Schatzamt gestürmt, und hatte Worte benutzt, die den alten Astrologen zutiefst entsetzten und die der Bibliothekar zum Teil erst nachschlagen musste. Woher kannte die heutige Jugend nur diese Ausdrücke? Etwas Gold hatten sie ihm gegeben, eine paar Handvoll Weihrauch und eine kleine Portion Myrrhe. Als Geschenke für den neugeborenen König. Eine Beleidigung für die ganze Mission war das. Wie unwichtig war er eigentlich, dass er nur solche..... billigen, unbedeutenden Geschenke mitbekam. Dies war schließlich eine wichtige Mission! Melchior schäumte.

Schließlich machten sich die Drei auf. Nachdem sie eine Weile schweigend nebeneinander her geritten waren, und sich beruhigt hatten, begannen sie zu reden und sich kennenzulernen. Auf ihrer langen, zum größten Teil einsamen Reise hatten sie ja nicht viel mehr zu tun als zu reden, ihr Wissen auszutauschen. Langsam bemerkten sie, dass die anderen tatsächlich viel von ihrem Fach verstanden, und dass sie viel voneinander lernen konnte. In langen Nächten erklärte Caspar ihnen die Sternbilder, zeigte ihnen immer wieder den Stern, erläuterte, warum sie in diese oder in jene Richtung reisen sollten, und warum sie sich etwas beeilen mussten, wenn sie rechtzeitig zur Geburt an ihrem Ziel sein sollten. Er verstand sein Handwerk tatsächlich und führte sie so schließlich in ein kleines fernes Land, dessen Hauptstadt sich Jerusalem nannte.

Als königliche Abordnung gingen sie natürlich direkt in den Palast und wurden dort auch freundlich begrüßt. Das heißt, begrüßt wurden sie freundlich, aber als sie sich dann höflich nach der werdenden Mutter und dem zu erwartenden Thronfolger, dem neugeborenen König des Landes, erkundigten, fiel die Stimmung schlagartig auf den Nullpunkt. Es bedurfte Melchiors ganzes diplomatisches Können um sie aus dieser Situation herauszubekommen. Zu erklären, dass sie keine ausländischen Agenten waren, die einen Umsturz planten und dass sie nur einem Stern gefolgt seien. Und wieso denn, bitte schön, gebe es denn hier keinen neuen Prinzen? Der Stern sei doch ganz eindeutig.

Es war der Bibliothekar Balthasar, der schließlich die Lösung fand. Zusammen mit seinen Kollegen, den Schriftgelehrten vor Ort, durchsuchten sie die heiligen Schriften der Eingeborenen und fanden schließlich, an einer ziemlich obskuren Stelle, bei einem der kleineren Propheten den entscheidenden Hinweis: Wenn überhaupt irgendwo, dann würde das Baby in Bethlehem, einem unbedeutenden Kaff irgendwo im Hinterland geboren werden.

Und so machten auch sie sich auf, weg vom königlichen Hof von Jerusalem, hin zu einem kleinen Ort, in der Provinz.

Und so standen sie schließlich eines Nachts dann endlich auf einem Hügel und schauten hinunter auf die kleine Stadt, die da im Dunkel vor ihnen lag. Es war kalt geworden, ein eisiger Wind pfiff ihnen um die Ohren. Endlich waren sie an ihrem Ziel. Sie waren dem Stern gefolgt, hatten mit wichtigen Menschen geredet und hatten in alten Büchern gelesen. Nun waren sie hier. Der Stern leuchtete hell über der Stadt, zu der sie die alten Schriften und der König in Jerusalem geschickt hatten. Ganz klar zeigte sein Leuchten an, dass heute die Nacht der Geburt war. Das sahen sie alle drei.

Hier also sollte der neugeborene König sein. Ratlos blickten die Weisen einander an. Da lag zwar eine Stadt, und aus den Fenstern leuchtete es auch warm und einladend herüber, aber weit und breit war kein Haus zu sehen, das eines Königs würdig gewesen wäre. Nur viele schmucklose Häuser, mit flachen Dächern und kleinen Fenstern. Wie sollten sie da finden, was sie suchten. Der Stern stand zu hoch, als dass Caspar ein einzelnes Haus ausmachen konnte. Es gab keine wichtigen Männer und Herrscher hier, die Melchior befragen konnte. Und Balthasar hatte ja schon jede einzelne Seite in seinen Büchern gelesen, aber eine genaue Adresse hatte er nicht gefunden. Und sie konnten ja schlecht an alle Türen klopfen und fragen. So kurz vor dem Ziel würden sie scheitern.

So zündeten sie ein Lagerfeuer an, und setzten sich mutlos und ratlos darum. Sie würden nicht weiterkommen. Die Weisen waren mit ihrer Weisheit am Ende.

Als sie so dasaßen und sich schweigend bedauerten, bemerkten sie plötzlich eine Gruppe abgerissener Gestalten auf dem Weg. Deutlich konnte man in der sternenklaren Nacht sehen, dass es sich um arme Hirten handelte, die da auf sie zukamen. Als sie näher kamen konnte man es dann auch riechen. Aufgeregt gestikulierten sie miteinander, lachten, und riefen, und man konnte Worte verstehen, wie „unglaublich!" und „Engel, ganz viele" und „Musik" und „Gloria in excelsis", - was auch immer das bedeuten sollte. Es war sehr seltsam. Hirten, die ohne ihre Herde mitten in der Nacht unterwegs waren? Das hatte etwas zu bedeuten. Ohne sich abzusprechen, aus einem Impuls heraus, standen die drei Weisen auf, nahmen Gold, Weihrauch und Myrrhe und folgten den aufgeregten Hirten, die anscheinend genau wussten, wohin es ging. Sie folgten ihnen durch die Straße und Gassen von Bethlehem, bis sie schließlich an einem Gasthof ankamen. Doch anstatt sich um den Wirt zu kümmern, der etwas perplex neben seiner Eingangstüre stand und offensichtlich nicht recht wusste, was da in seiner Herberge passierte, gingen sie direkt in den Stall. Den drei Weisen sank das Herz. Waren sie womöglich den Falschen gefolgt? Womöglich zur monatlichen Versammlung der Hirten der Gegend? Hätten sie sich blamiert?

Erst als der Wirt, offensichtlich so verwirrt von den Ereignissen der Nacht dass er sich gar nicht mehr über diese drei seltsam gekleideten Menschen wunderte, ihnen erzählte was geschehen war, da wussten sie, dass sie am richtigen Ort waren. Ein Paar sei gekommen, vorher, die Frau kurz vor der Niederkunft, und er hätte sie schon wegschicken wollen. Eine Geburt bei ihm, also nein danke! Und ausgebucht war er auch schon lange, wegen der Volkszählung. Aber dann hätte er gespürt, dass etwas Wichtiges passieren sollte, und weil alles voll war, hätte er sie im Stall übernachten lassen. Und da sei das Kind, ein kleiner Junge, geboren worden. Und dieser seltsame Stern würde ganz hell leuchten, durch ein Loch im Dach des Stalles, so dass sein Licht auf das Kind und die Mutter fallen würde. Und die Hirten würden seltsame, wunderbare Geschichten erzählen, von Engeln auf dem Feld, von großer Freude, die allen Menschen wiederfahren würde und von Frieden auf Erden, ob sie sich das vorstellen könnten, Frieden auf Erden, nein so was unglaubliches. Ach er würde das alles nicht verstehen, aber er würde jetzt erst mal den Eintopf von heute Nachmittag warm machen, und was zum trinken holen, und alles rüberbringen, damit sie was warmes im Bauch hätten in dieser kalten Nacht, und ach ja, der Stall, der sei da drüben.

Leise, und vorsichtig betraten die drei Weisen den Stall, der eigentlich nicht viel mehr als ein windschiefer Schuppen war. Sie wussten nicht so recht, wie sie sich verhalten sollten. Sie waren sich zwar absolut sicher, am richtigen Ort zu sein. Aber wie sollte man denn einem neugeborenen König huldigen, der so wichtig war, dass selbst die Sterne am Himmel seine Geburt verkündigten, und der dann in einer Krippe in einem Stall schlief? All ihr Wissen und ihr Können, ihre Wissenschaft und ihre Diplomatie half ihnen nicht weiter. Es lag eine besondere, eine heilige Stimmung über dem Moment. Ruhig lag das Kind da, die erschöpfte, doch glückliche Mutter, saß da, der verwirrte Vater stand daneben, und die Hirten knieten davor. Und Caspar, Melchior und Balthasar, die drei Weisen aus dem Morgenland, taten das gleiche. Sie knieten neben die Hirtinnen und Hirten, und sahen das Kind.

Noch nie, bei allen seinen Beobachtungen der Sterne hatte Caspar so stark gefühlt und gewusst, dass dieses Kind den Menschen einmal einen neuen Weg weisen würde, deutlicher als alle Sterne des Firmaments es je konnten.

Besser als alle Bücher dieser Welt würde dieses Kind den Menschen erklären, was wichtig war im Leben und wie das Leben sein sollte, das wusste Balthasar so klar, als hätte er es gerade gelesen, als hätte er es selber geschrieben.

Und Melchior, der Diplomat, er wusste eines: Ein Diplomat würde dieses Kind, geboren in einem Stall, von ganz normalen Eltern, hineingeboren in die Welt der Hirten und Wirte, und der einfachen Leute, sicher nicht werden. Er würde nicht die gedrehte, vorsichtige Sprache des Hofes und der Politik sprechen, sondern deutlich sagen, was er dachte. Nein, diplomatisch würde dieses Kind nie sein. Und das war auch gut so!

Und gut war auch, dass sie hier knieten, nicht alleine, sondern mit den Menschen, den Hirten, dem Wirt, den Nachbarn die gekommen waren. All ihre Instrumente, ihre Bücher, ihr Wissen war vergessen in diesem Moment. So, wie die Hirten ihre Herden zurückgelassen hatten, hatten auch sie schließlich das zurückgelassen, was ihnen wichtig war: die Stellung, die Sicherheit des Wissens, die Karriere. Hier, in diesem Stall in Bethlehem zählten diese Dinge nichts. Sie waren zusammengekommen mit Menschen, und feierten das Fest dieser Heiligen Nacht, waren angekommen bei dem, der die Welt verändern sollte. Hier waren sie Menschen unter Menschen, so, wie das Kind als Mensch unter Menschen geboren war.

Und so kam es, dass in der Weihnachtsnacht die Hirten und die Nachbarn und die Wirtsleute, den drei Weisen aus dem Morgenland den Weg zum neugeborenen Jesus zeigten und sie so, miteinander in Gemeinschaft das Fest der Geburt Jesu feiern konnten. Amen

Ein ganz normaler Abend
in Bethlehem
oder
Wie die Familie des Wirtes nicht
merken sollte,
was da im Stall geschehen war.

Es war ein ganz normaler Tag, in einer ganz normalen Woche gewesen. Vielleicht ein wenig stressiger durch die vielen Menschen, die durch die Volkszählung wieder ins Dorf kamen. Aber mehr als ausgebucht und voll belegt konnte der kleine Gasthof ja nicht sein, und das kam schließlich immer mal wieder vor. Und außerdem war es ganz schön, lange vermisste Freunde und weitläufige Familienangehörige mal wieder zu sehen. Denn alle mussten ja an Ihren Heimatort zurück, um sich zählen zu lassen. Da hatte diese ganze Volkszählerei dann doch noch etwas Gutes. Denn sonst würden ja sowieso nur neue Steuerlisten und Einzugsbefehle für die Armee dabei herauskommen. Man kannte ja so was. Aber bis es soweit war, ging das normale Geschäft weiter und heute Abend würde man wieder mit lange vergessenen Cousins und Cousinen zusammensitzen, und womöglich würde der alte Streit mit der Frau seines Onkels 2. Grades über die alte Erbschaftssache wieder aufbrechen. Nichts Neues eben, ein ganz normaler Tag.

So dachte der Wirt des kleinen Gasthofes am Rande von Bethlehem. Tagsüber war er mit seiner Frau in der Küche gestanden, hatte einen Hammel geschlachtet und gekocht, während sie das Gemüse und das Brot vorbereitete. Er hatte beobachtet, wie seine Tochter mit ihren Freundinnen und den Mädchen von nebenan zusammensaß und Bettwäsche ausbesserte und andere Dinge erledigte. Er hatte gesehen, wie sie die Köpfe zusammensteckten, flüsterten und miteinander kicherten. Sicher redeten sie mal wieder darüber, wen von den Jungen im Dorf sie einmal heiraten würden. War sie tatsächlich schon so groß geworden? War es nicht erst eine kleine Weile her, dass er sie als schreiendes, weinendes Bündel auf dem Schoß gehabt hatte? Er würde wohl doch mal mit seiner Frau darüber reden müssen, wenn er mal Zeit hatte. Wie schnell die Zeit verging! Und mit seinem Sohn, dem faulen Früchtchen würde er auch ein Wort reden müssen! Glaubte der Herr Filius, er wäre was Besseres? Überhaupt, Herr „Filius" wieder so ein lateinischer, neumodischer Ausdruck, jetzt benutzte er ihn schon selber! Was war aus dem schönen hebräischen „Ben" geworden? Sein Herr Sohn sollte lieber fleißig arbeiten, nach den Tieren im Stall schauen und Brennholz für seine Mutter hereintragen! Er schüttelte den Kopf. Es war ein ganz normaler Tag eben.

Es war schon dunkel geworden, als dann doch noch etwas passierte, an diesem Tag. Der Wirt hatte schon die Türe zum Gastraum zugemacht, und er erwartete auch keine weiteren Gäste mehr. Sie waren bis aufs letzte Bett ausgebucht. Da hatte es an der Türe geklopft. Ein Paar stand davor, er etwas älter als sie, ein wenig Gepäck auf einem Esel. Er hatte sie schon grob wegschicken wollen, hatte sie anfahren wollen, dass sie voll belegt seien, als er in die tränenerfüllten Augen der jungen Frau blickte. Und da bemerkte er, was er in seiner Hektik und in seinen Sorgen und Gedanken an seine eigenen Kinder beinahe übersehen hätte: Die junge Frau war hochschwanger. Ein weiterer Grund, sie wegzuschicken. Doch dann erinnerte er sich daran, wie schwer die Geburten für seine Frau gewesen waren, wie sehr sie sich hatte mühen müssen. Wenigstens für heute sollte die werdende Mutter ausruhen dürfen. Sie sollten drüben in den Stall gehen. Für heute Nacht könnten sie in Heu und Stroh schlafen, er würde ihnen auch was zu essen rüberbringen. Aber leise sollten sie sein, damit seine Frau nichts mitbekommen würde. Die würde nur wieder schimpfen und ihn einen gutmütigen Narren nennen.

Während also nun der Wirt den beiden den Weg in den Stall zeigte, und ihnen half, es sich so gut es geben ging, gemütlich zu machen, geschahen an anderen Orten Dinge, zeigten, dass dieser ganz normale Tag der außergewöhnlichste Tag seit der Schöpfung sein würde. Eine Gruppe Hirten verließ, obwohl die Nacht schon angebrochen war, ihre Herde weil sie mit eigenen Augen das Wunder sehen wollten, von dem sie gehört hatten. Eine andere kleine Gruppe von alten Männern folgte immer ungeduldiger einem Stern, den sie mit viel Nachdenken und Forschen entdeckt und beobachtet hatten. Und im Haus nebenan setzte sich die Nachbarsfamilie zum Abendessen zusammen, ohne zu wissen, was noch auf sie zukommen würde. Und zwischen den Häusern standen frierend ein paar römische Soldaten, die Nachtwache hatten. Und im Stall war gerade ein kleines Kind geboren worden.

Es klopfte wieder an der Türe der Herberge. Die Wirtsfrau seufze auf: gerade wollte sie sich entscheiden, was sie tun sollte. Sollte sie ihren Mann ausschimpfen oder dieses eine Mal doch lieber loben? Sie hatte natürlich aus der Küche heraus mitbekommen, was ihr Mann da vorher gemacht hatte. So ein gutmütiger Trottel! Er konnte einfach nicht nein sagen. Wie oft hatte sie ihn deshalb schon ausgeschimpft! Aber dieses eine Mal hatte er es richtig gemacht. Sie lächelte: Das arme Mädchen hatte dringend einen Platz gebraucht. Es klopfte wieder. Als sie die Türe aufmachte stand ein älterer Mann vor der Türe. Hinter seinem Rücken versteckte sich eine ganze Gruppe ähnlicher Gestalten. Der Geruch nach nassen Schafen, der ihr entgegenschlug, sagten es deutlicher als die abgerissene Kleidung: Es waren Hirten, die mit ihren Herden auf den Feldern waren. Bevor sie ihn angiften konnte, was er um diese Zeit hier wolle, sprudelte es aus ihm heraus: „Entschuldigung bitte, Engel hätten sie gesehen, - und gehört - rief ein anderer dazwischen, und geleuchtet hätten sie und hätten gesagt, - nein gesungen, Entschuldigung bitte - dass heute der Heiland geboren sei, und sie wollen ihn sehen, und deswegen hätten sie schon das ganze Dorf abgesucht, rief einer von hinten. Aber es sei kein neugeborenes Kind zu finden, und ob, - Entschuldigung bitte - sie hier den neugeborenen König hätten, und ob sie - Entschuldigung bitte - ihn sehen dürften, und sie hätten auch Geschenke dabei." Die Wirtsfrau wusste nicht, ob sie lachen oder schimpfen sollte. Das einzige Neugeborene, von dem sie wusste, lag hinten in der Krippe, in Windeln gewickelt, im Stroh und schlief. Das sei es, riefen die Hirten aufgeregt, genauso hätte es der Engel gesagt! Er hat gesungen! rief einer dazwischen! „Nun gut, kommt mit, ich führ euch hin," sagte die Frau des Wirtes. „Aber seid ruhig, damit mein Mann und die Kinder nichts merken." Und so zeigte die Frau des Wirtes den Hirten wo das Kind lag, und sie sahen, was der Engel ihnen gesagt und gesungen hatte.

Wie sollte er seiner Frau nur klarmachen, was er getan hatte? Der Wirt war vor die Türe getreten, um etwas frische Luft zu schnappen. Es würde bestimmt wieder Ärger geben. Er seufzte. Warum roch es hier eigentlich so streng nach nassen Schafen? Und wer waren die drei seltsam gekleideten Gestalten, die da in der Dunkelheit die Straße heraufkamen? Sie sollten lieber auf den Weg Acht geben, statt ständig in den Himmel zu starren. Ob er ihnen helfen könnte, rief er ihnen zu. An ihren hilflosen Gesichtern konnte er erkennen, dass sie kein Wort davon verstanden hatten. Ausländer auch noch! Na ja, man sah es ja an ihren Kleidern: bunt und auffällig und sehr teuer, nichts was anständige Leute von hier anziehen würden. Also wiederholte er seine Frage langsam und deutlich: ich Euch helfen kann? Soweit er dann die radebrechende Erklärung verstand, und ganz sicher war er sich nicht, handelte es sich um weise Männer, Sterndeuter, von weit her, die einem Stern gefolgt waren, der laut ihrem Verstehen und Nachdenken und Berechnen und Lesen in dicken Büchern der Stern des neugeborenen Königs sei. Hier über Bethlehem würde er leuchten, aber nun sei ihre Weisheit und ihr Wissen am Ende, sie könnten ihn nicht finden, und ob er ihnen helfen könnte. Nun, das einzige Neugeborene, von dem der Wirt wusste, war das Kind, das hinten im Stall in der Krippe lag. Sie könnten sich den ja mal angucken und sehen, ob es das Kind war, das sie gesucht hatten. Aber sie sollten ruhig und leise sein, damit seine Frau und die Kinder nichts merkten. Als sie im Stall ankamen, wusste er dann nicht, worüber er mehr entsetzt und überrascht sein sollte: Über die Gruppe der Hirten, die nach nassen Schafen rochen, und dasaßen und leise Hirtenlieder sangen, über die drei weisen Männer, die mit ihren teuren Gewändern in seinem Stall auf die Knie sanken, als sie das Kind sahen, oder über seine Frau, die das Ganze lächelnd beobachtete, und ihn sanft in den Arm nahm.

Eigentlich solle er keine römischen Soldaten ins Haus lassen. Da war sein Vater völlig klar und eindeutig gewesen. Es seien Besatzungstruppen und er wolle mit ihnen so wenig wie möglich zu tun haben. Das mit den Besatzungstruppen sah der Sohn des Wirtes genauso. Aber auf der anderen Seite kam man heutzutage ohne Latein nicht weit, und er hatte schließlich nicht vor, auf immer und ewig hier in Bethlehem zu hocken. Wenn er Karriere machen wollte, dann musste er Latein lernen. Sein Vater wollte das einfach nicht verstehen, er war einfach altmodisch, wie die Erwachsenen es eben sind. Und was war besser, als mit den Soldaten, die ja alle in seinem Alter waren, zu reden und zu üben. Und sie konnten so viel erzählen, von fernen Ländern und von Städten wie Athen und Korinth und Rom! Heute hatte er den drei Soldaten auf Nachtwache aber erzählen können, was bei ihnen hinten im Stall geschehen war: Ein junges Paar hatte ein kleines Baby bekommen. Er wusste, dass sein Vater nicht wollte, dass er es mitbekam, aber er hatte gesehen, wie er die beiden in den Stall geführt hatte, und wenig später hatte er das Baby schreien hören. Einer der Soldaten lächelte traurig: Sein eigenes Kind daheim wäre jetzt beinahe ein halbes Jahr alt, er hätte es nur einmal kurz nach der Geburt gesehen, und dann sei er versetzt worden. Seine junge Frau sei zuhause bei ihren Eltern geblieben, als er hierher versetzt worden war, wegen dieser blöden Volkszählung. Hoffentlich dürfte er bald wieder heim. Ob er das Baby sehen dürfte fragte er, beinahe Tränen in den Augen. Der Sohn des Wirtes überlegte nicht lange. Natürlich ginge das. Er selber verstand das zwar nicht, kleine Kinder sahen eh alle gleich aus, und waren unberechenbare kleine Schreihälse. Sie sollten mitkommen, aber ruhig sein, dass seine Eltern nichts mitbekommen und merken würden. Womit er nicht gerechnet hatte war der Auflauf, der in der Zwischenzeit im Stall herrschte: es war ja kaum mehr Platz! Und dennoch schien ein ganz besonderer Frieden im Stall zu herrschen, und irgendwie fand er sogar das Baby niedlich. Was ihn aber am meisten überraschte waren seine Eltern, die lächelnd eng aneinander gelehnt, in der Ecke standen. Wann hatte er seine Eltern sich je umarmen gesehen? Und als sie ihn dann zu sich herüberwinkten und seine Mutter ihn in den Arm nahm, und sein Vater ihm stolz auf die Schulter klopfte, da verstand er die Welt nicht mehr. Aber er würde das heute Nacht einfach als Geschenk annehmen. Mit seinen Eltern streiten, das könnte er auch später wieder, aber nicht jetzt und hier.

Irgendwie überraschte es dann niemanden mehr, dass kurz darauf die Tochter der Wirtsleute mit ihren zwei engsten und liebsten Freundinnen auftauchte. Sie hatte natürlich auch mitbekommen, dass da etwas geschehen war im Stall hinter der Herberge. Endlich passierte mal was in diesem Kaff! Und wenn es nur die Geburt eines kleinen Kindes im Stall war. Aber besser als gar nichts. Und so hatte sie sich davongeschlichen, hinüber zu ihren Freundinnen. Was da genau passierte, das wusste sie nicht, aber es passierte etwas, und das wollte sie mit ihren Freundinnen teilen. Die beiden sollten mitkommen, aber leise sein, damit ihre Mutter nichts bemerken würde. Sonst würde es nur wieder Ärger geben. Dass dann wirklich etwas los war im Stall, damit hatte sie nicht gerechnet: Hirten, Ausländer, sogar römische Soldaten! Und die Hirten sangen, und die alten ausländischen Männer erzählten von ihren Reisen und von dem, was sie erforscht hatten und die Soldaten erzählten von daheim, und ihr Bruder übersetzte, und der eine der Soldaten lächelte die ganze Zeit schüchtern zu ihr herüber, und ihre Eltern saßen Händchenhaltend daneben! Und dann im Zentrum das Baby, das die ganze Zeit zu lächeln schien, beinahe so, als würde es verstehen, dass hier etwas ganz besonderes geschah, und die junge Mutter, die so aussah, als würde sie sich später an jeden Moment dieser Nacht erinnern können, und wusste, dass etwas Wunderbares geschehen war, etwas, das größer sein würde als diese Nacht es versprach.

Hoch über dem Stall stand ein Stern und lachte vor Freude bunte Lichter und blinkte und blitzte. Aber keiner schaute mehr nach oben in den Himmel sondern hinunter in die Krippe, die da im Stall stand, und auf das Kind, das darinnen lag. Er hatte die drei Weisen hergeführt, hatte gesehen, wie sie studiert und gelernt hatten, und sich dann von einem ganz einfachen Menschen, einem Wirt, das letzte Stück des Weges zeigen ließen.

Die Engel waren den Hirten vom Feld gefolgt und sangen nun, unsichtbar für die Augen und unhörbar für die Ohren, aber laut schallend in den Herzen der Menschen. Und sie sahen, wie die Hirten, die sie geweckt hatten, und denen sie Friede und Furchtlosigkeit verkündigt hatten, den Mut hatten, jemanden nach dem Weg zu fragen. Und wie die Frau des Wirtes den Frieden dieser Nacht gespürt hatte und sie hereingeholt hatte, aus der Kälte der Nacht, in die Wärme des Stalles, wo viele Menschen zusammenkamen.

Und daher waren es dann die ganz normalen Menschen an einem ganz normalen Tag, die anderen Menschen den Weg zur Krippe zeigten. Es waren ganz unterschiedliche Menschen, die da zusammenkamen: Suchende und solche, die nicht einmal wussten, dass sie suchten. Menschen, die ein wenig Freude in ihrem sonst freudlosen Leben brauchten, und andere, die es einfach genossen, dass hier etwas Spannendes geschieht. Sie alle kamen und wurden von ganz normalen Menschen willkommen geheißen. Nicht von den Priestern und Schriftgelehrten, von den Pfarrern und Hauptamtlichen, sondern von Menschen wie Du und ich, Menschen, die spüren, dass in dieser Weihnachtsnacht etwas Besonderes, etwas wunderbares geschehen war.

Ich wünsche uns allen solche Menschen, die aus ihrem Leben heraustreten und zu Boten des neugeborenen Kindes werden. Die uns den Weg zu Christus zeigen, indem sie erzählen, was da im Stall in Bethlehem geschehen ist, vielleicht auch, wenn sie es selber gar nicht ganz verstehen.

Und ich wünsche uns für Weihnachten, für diesen ganz besonderen, ganz normalen Tag, dass wir zu solchen menschlichen Boten Gottes werden dürfen. Dass wir auf unsere ganz normale Art leuchten wie der Stern über Bethlehem und singen wie die Chöre der Engel und anderen vom Wunder der Weihnachtsnacht erzählen. So, wie es vielleicht einmal der Wirt und seine Familie getan haben, und damit erleben durften, dass aus einer ganz normalen Nacht eine Heilige Nacht wurde, die Nacht, in der die Menschen zusammenkamen und in der Gott Mensch wurde.

Das Märchen vom Stern, der sich aufmachte, Gott zu suchen

Es war einmal, vor langer Zeit, in einem ziemlich weit entfernten Teil des Weltalls, da zog ein Stern seine Bahnen. Er war ein relativ kleiner Stern, aber – und das muss man zugeben – es war ein sehr schöner Stern. Er hatte eine perfekte Sternenform und genau die richtige Anzahl spitzer Sternenzacken, die genau die richtige Größe hatten, nicht zu lang und nicht zu kurz. Er hatte einen wunderschönen Sternenschweif, der glitzerte und funkelte und den er hinter sich her zog, wenn der Stern so, wie es Sterne halt tun, durch das Weltall brauste.

Und der kleine, schöne Stern hatte ein ganz besonderes Talent. Wenn er es wollte, und wenn er sich ganz doll konzentrierte, dann konnte er richtig leuchten, ich meine, richtig leuchten, nicht nur so ein bisschen, nicht so normal wie die anderen Sterne auch, nein, wenn er es wollte, dann wurde er hell und heller, jede seiner Zacken strahlte in einem anderen Licht und sein Sternenschweif gleißte und funkelte noch viel mehr als sonst, und der kleine, schöne Stern war sehr stolz auf sich. Und er gefiel sich selber sehr. Da sauste er dann seine Bahn entlang und rief allen anderen Sternen zu: „Schaut nur, wie schön ich funkle und wie hell ich leuchte! Seht ihr, wie toll mein Sternenschweif glitzert und in wie vielen Farben ich leuchte! Bin ich nicht toll?"

Nun, er hatte ja Recht, er sah sehr schön aus, aber er ging den anderen Sternen auch ziemlich auf die Nerven.

Eines Tages nun, als der Stern wieder einmal hell glänzend in all seiner Schönheit und Pracht seine Bahn entlang sauste und die anderen Sterne mit seinem Gerufe und Geblinke aufregte, da hatte er plötzlich einen Gedanken. Die anderen Sterne wussten ihn doch gar nicht wirklich zu schätzen, die verstanden gar nicht, wie toll er eigentlich war. Er brauchte jemanden, der ihn verstand, der sah, wie schön er war, und der sein besonderes Talent zu würdigen wusste. Und er wusste auch, wer das sein sollte. Es gab nur einen, der das konnte und zu dem würde er gehen, und für den würde er leuchten. Und der kleine Stern beschloss, Gott zu suchen.

Und er machte sich gleich auf. Mit einem entschlossenen Ruck bog er von seiner gewohnten Bahn ab und hinein in die Tiefe des Weltalls. In welche Richtung er sollte, das wusste er nicht, aber es war ihm auch egal. Er wollte Gott suchen, und irgendjemand würde schon wissen, in welche Richtung er fliegen sollte. Er würde einfach nach dem Weg zu Gott fragen, und wenn er dann angekommen wäre, dann würde er vor Gott und für Gott leuchten.

Leider war es nicht ganz so einfach, wie es sich der kleine Stern vorgestellt hatte. Die ersten paar Sterne, die er fragte, wo Gott denn sei, die verstanden ihn gar nicht. Sie wussten entweder nicht, was er meinte mit „Gott". Oder sie schüttelten überhaupt nur unverständig den Kopf. Ob „Gott" ein Ort sei? fragten sie. Und was er denn da wolle? wollten sie wissen. Aber weiterhelfen, das konnten sie ihm nicht.

Dann frage ich eben die größeren, die Planeten, dachte er. Die wissen bestimmt, wo Gott ist. Sagt mir den Weg zu Gott, rief er den Planeten zu, aber die Planeten zogen einfach ihre Bahn. Was interessiert uns Gott, sagten sie, und was interessiert dich Gott? Flieg lieber mit uns, folge lieber unserer Bahn, und umkreise uns, wir sind doch auch ganz toll, und wir wissen wo es lang geht! Aber das wollte der kleine Stern nicht, er wollte ja Gott suchen und nicht einfach einem Planeten hinterdrein fliegen. Und so zog er, unter dem missbilligenden Brummeln der Planeten, weiter und war sehr enttäuscht.

Ich frage die Kometen, beschloss er dann. Die fliegen doch kreuz und quer durch das Universum, die treiben sich überall rum, die wissen sicher, wo Gott ist. Und tatsächlich, der erste Komet den er fragte, der wusste den Weg genau! Und er erklärte ihn auch in großer Ausführlichkeit. Er war aber kaum fertig, da kam ein anderer Komet und widersprach lauthals: Genau in die andere Richtung sollte er ziehen, der zweite Komet wisse es ganz genau und der erste sei ein Idiot und überhaupt. Als die beiden darauf hin heftig miteinander zu diskutieren begannen, mischte sich ein dritter Komet ein und sagte: He, ich weiß wo es lang geht.... Da war der kleine Stern aber schon so misstrauisch und entmutigt worden, dass er den Kometen stehen ließ und alleine weiterflog.

Von weitem sah der kleine Stern dann auch immer wieder einmal einen Engel vorbeifliegen. Ha! dachte er, die Engel, die würden doch wissen, wo Gott zu finden wäre. Aber so sehr er sich auch beeilte, er konnte die Engel nicht einholen. Sie waren immer irgendwie schneller als er und sie schienen es sehr eilig zu haben. Entweder hörten sie sein Rufen und Fragen nicht, oder es war ihnen egal. Jedenfalls flogen sie davon, und dem kleinen Stern blieb nichts anderes übrig, als irgendwie in die gleiche Richtung zu fliegen.

Der kleine Stern wurde traurig. Nicht nur, dass er Gott nicht finden konnte, nein, er hatte während des ganzen Suchens auch noch den Weg nach Hause verloren. Selbst das Leuchten machte ihm keinen rechten Spaß mehr. Ziellos ließ er sich weitertreiben, in die Richtung, in der die Engel geflogen waren.

In der Tiefe des Weltalls kam er schließlich zu einem Planeten, der blau schimmernd in der Unendlichkeit seinen Weg um eine gelbe Sonne zog. Eigentlich hatte der kleine Stern es ja schon aufgegeben, Planeten nach dem Weg zu Gott zu fragen, aber dieser Planet fiel ihm irgendwie auf. Er leuchtete so schön blau, und es schien so, als würde sich auf dem Planeten etwas regen. Das fand der kleine Stern spannend. Und er schaute genau hin. Sterne können das, denn sie haben sehr gute Augen.

Und so beobachtete der kleine Stern jene Wesen, von denen er bald herausfand, dass sie „Menschen" hießen. Seltsame Wesen waren das. Sie waren alle irgendwie gleich und doch alle irgendwie ganz unterschiedlich. Und sie verhielten sich alle ganz verschieden, sie aßen und tranken zwar alle, aber alle etwas anderes, und es schien so, als ob die Menschen nur die Menschen nett fanden, die das gleiche aßen und tranken wie sie. Alle anderen, die etwas anderes tranken oder aßen, die mochten die Menschen nicht, sie gingen einander aus dem Weg, oder, was gar nicht selten vorkam, sie schlugen auf einander ein, und machten einander kaputt. „Streit" nannten sie das, oder, wenn viele mitmachten, dann nannten sie es „Krieg".

Der kleine Stern fand das alles sehr verwirrend und es tat ihm auch weh, wenn er das alles ansehen musste. Und so beschloss er weiterzufliegen.

Bei seinem letzten Blick hinunter sah er aber etwas, was ihn zögern ließ.

Er beobachtete, wie sich zwei Menschen aufmachten, von einem kleinen Dorf weg, durch die Dunkelheit und die Kälte der Nacht hindurch. Der kleine Stern hatte genug gesehen von den Menschen, um zu wissen, dass der eine Mensch kurz davor stand, einem neuen Menschen das Leben zu schenken. Geburt nannten sie das, und er wusste, dass das nicht leicht war für die Menschen, so eine Geburt, und er wusste, dass die beiden besser zuhause geblieben wären. Aber sie waren trotzdem unterwegs, und obwohl der kleine Stern nicht richtig wusste warum, beschloss er, über ihnen zu fliegen und ihnen zu leuchten. Sein bestes Leuchten sollte es sein, damit die beiden da unten es nicht so dunkel und nicht so kalt hatten. Ja, nicht nur sein bestes Leuchten sollte es sein, sondern sein allerbestes, das, das er eigentlich vor Gott hatte leuchten wollen. Das würde er jetzt für die beiden, und für das kleine Menschenkind, das da bald geboren werden sollte, leuchten. Wenn das kleine Menschenkind schon ganz weit weg von daheim zur Welt kommen sollte, dann sollte es wenigstens etwas Schönes am Himmel sehen, dachte sich der kleine Stern. Und weil er das Schönste war, das er kannte, leuchtete und glitzerte er, was er nur konnte. Dass drei alte Männer seinem Glitzern und Leuchten folgten, das bemerkte der kleine Stern nicht.

Und er leuchtete und glitzerte als die beiden Wanderer nachts in ein Dorf kamen, er leuchtete und glitzerte als sie von Türe zu Türe gingen, und er leuchtete und glitzerte als sie schließlich in einem Stall Unterschlupf fanden. Eigentlich fand der kleine Stern den Stall ziemlich toll, denn er hatte ein großes Loch im Dach, und so konnte er die Geburt des kleinen Jungen sehen, der da auf die Welt kam, und der kleine Junge konnte ihn sehen. Und als der kleine Junge schließlich in den Armen seiner Mutter lag, da schaute er nach oben, dem kleinen, schönen Stern direkt in

die Augen, und da sprühte die Freude in dem kleinen Stern, und er leuchtete und drehte sich, dass die Farben nur so spritzten, und er schüttelte seinen Sternenschweif, dass das Licht in Funken davonflog.

Und plötzlich waren um ihn herum die Menge der himmlischen Heerscharen, die priesen Gott und sangen „Ehre sei Gott in der Höhe und Frieden auf Erden und den Menschen einen Wohlgefallen".

Dass die Engel von Gott sangen, dass er sie jetzt endlich fragen könnte, wo Gott wäre, das war dem kleinen Stern ganz egal. Für dieses Kind in der Krippe zu leuchten, das war viel wichtiger, dieses kleine Menschenkind zu erfreuen, mehr brauchte es nicht. Selbst als andere Menschen kamen, jene drei Alten, Weisen, die ihm gefolgt waren, und Hirten von den Herden und die Nachbarn vom Stall und Leute von der Straße und sie alle nach oben zeigten, her zu ihm, war ihm das nicht wichtig. Das Lachen und die Liebe in den Augen des Kindes, das war für ihn genug.

Und so leuchtete er in jener Nacht noch lange über dem Stall in Bethlehem, in dem Jesus von Nazareth in der Krippe schlief, als die Könige ihn anbeteten, und die Hirten das Wunder sahen und über dem die Engel sangen.

Wie der kleine Rauschgoldengel Familie Maier auf Weihnachten vorbereiten wollte.

Der kleine Rauschgoldengel war verwirrt. Seit vielen Jahren war er ein fester Teil der Weihnachtsdekoration: Jahr für Jahr nahm er seinen Platz auf der Spitze des Weihnachtsbaumes von Familie Maier ein. Und Jahr für Jahr erlebte er die gleichen Weihnachtsrituale und Jahr für Jahr entwickelte sich Weihnachten im Hause Maier zur gleichen Katastrophe. Auch dieses Jahr war es wieder so gewesen: Es war wieder kurz vor dem Heiligen Abend und das hektische Dekorieren der Wohnung und des Baumes begann. Überall im Zimmer verteilt lagen Weihnachtskugeln und Lametta, künstliche Zweige und Kerzen und elektrische Lichterketten. Das Haus duftete nach Lebkuchen und Glühwein, und im Fenster stand der erzgebirgische Lichterbogen, den Tante Martha vor vielen Jahren einmal von einer Reise mitgebracht hatte. Neben dem Weihnachtsbaum lag noch verpackt die Familienweihnachtskrippe mit Maria und Josef und den Hirten und den Heiligen drei Königen. Und daneben lagen, ebenso noch verpackt, die Schafe und Ochs und Esel.

Und wie immer lag über all dem eine Mischung aus Vorfreude, aus Weihnachtsliedern und einer freudigen Erwartung. Und wie immer, kurz vor Weihnachten, wenn alle da waren, um das Wohnzimmer angemessen weihnachtlich zu gestalten, hielt diese

Stimmung aus kindlicher Vorfreude nicht lange an. Denn schon nach kürzester Zeit stellte sich eine gewisse stresserfüllte Hektik ein. Man war sich nicht einig, welche Farbe der Weihnachtsbaum dieses Jahr haben solle, damit begann es meist. Im Wohnzimmer wurde diskutiert und Mutter Maiers Zwischenrufe aus der Küche waren wenig hilfreich. Sie versuchte verzweifelt, noch drei weitere Sorten Weihnachtsplätzchen zu backen, zusätzlich zu den 11 Sorten, die sie schon hatte. Dieses Jahr würde sie ihre Nachbarinnen alle übertrumpfen, mit ihrem Weihnachtsgebäck. Im Wohnzimmer wurde der alljährlich Streit über „Lichterketten oder echte Kerzen" wieder heftiger und beim Lametta war es Vater Maier dann zu viel: Er ließ alles fallen, stampfte aus dem Zimmer, mit hochrotem Kopf, um sich noch ein Glas Glühwein zu holen. Ein Glas von vielen, die er in den nächsten Stunden und Tagen trinken würde. In der Küche verdrehte Mutter Maier wieder die Augen und wiederholte zum hundertsten Male, seit sie angefangen hatte Weihnachtsgeschenke zu kaufen, die Augen und seufzte laut „Ich werde wahnsinnig!". Apropos Weihnachtsgeschenke! Sie hatte wieder das Geschenk für Tante Martha vergessen! Die Schwester ihres Mannes, die blöde Kuh, die immer alles besser wusste und auch dieses Jahr wieder Weihnachten bei ihnen verbringen würde. Sie würde eines ihrer Kinder losschicken müssen, um etwas Nutzloses zu kaufen.

Die Kinder, Jugendliche und bald junge Erwachsene eigentlich, stritten derweil im Wohnzimmer und hatten so überhaupt keinen Bock auf Familie. Vollständig uncool das ganze Theater hier. Viel lieber wären sie bei ihren Kumpels an diesem Abend.

Am Weihnachtsabend selber war es nicht besser. Zwar versuchten alle, unter Androhung von Gewalt seitens Mutter Maier, und mit der Hilfe von vielen Gläsern Glühwein auf Seiten von Herrn Maier, friedlich und freundlich zu sein, aber spätestens als Tante Martha wieder, in ihrer typischen falsch lächelnden Art, den alten Erbstreit erwähnte, und als Vater Maier ein paar bissige Bemerkungen über die neuesten Piercings seiner Tochter machte, artete das ganze wieder in Streit, Geschrei und Tränen aus. Wie alle Jahre wieder, rannte die Tochter weinend aus dem Zimmer und Vater Maier holte sich mehr Glühwein.

Nach Weihnachten verschwanden dann seltsamerweise all die wohlüberlegten Geschenke von unter dem Baum und wurden gegen etwas ganz anderes, oder besser noch Geld, eingetauscht. Nur die hässliche Vase von Tante Martha, die musste man – wieder – behalten. Und so wurden die Tage nach Weihnachten wieder in Verletztheit, Schweigen und Ärger verbracht. Und schließlich räumte, wie jedes Jahr, Mutter Maier die Dekorationen weg und stellte den Baum auf den Balkon, sie kehrte die Tannennadeln zusammen und der kleine Rauschgoldengel und die unbeachtete Krippe verschwanden wieder im

Schrank. Und nur der kleine Engel konnte die Tränen in den Augen von Mutter Maier sehen.

All das verwirrte den kleinen Rauschgoldengel sehr. Er war immer in Weiß und in Gold gekleidet, hielt wie immer seine Trompete in der Hand und wollte von Freude und Frieden singen, und von der Tatsache, dass das Heil in die Welt gekommen war, an Weihnachten. Das war es, was er tat, in seiner Existenz im Himmel, jeden Tag des Jahres, wenn die Engel die Herrlichkeit Gottes besangen. Das war es, was er auch tat in den Tagen von Weihnachten, geheimnisvoll gleichzeitig auf seinem Platz auf dem Weihnachtsbaum der Familie Maier und dort im Himmel, in der dritten Reihe der Posaunenengel, wenn er mit seinem Instrument das Gloria schmetterte. Er verstand nicht, warum die Menschen auf Erden, seine Familie Maier, nicht spürten, was da wirklich geschah und stattdessen immer wieder im Streit landeten. Er hatte viele Jahre darüber nachgedacht, während er da oben auf dem Baum saß und das Drama dort unten sah. Und er hatte eine Theorie entwickelt: Das Problem war, dass die Menschen sich nicht gut genug vorbereiteten auf Weihnachten. Statt sich vorzubereiten, rannten sie umher, um Geschenke zu kaufen, machten sich Sorgen um die Arbeitsstelle und die Zukunft der Kinder, lasen in den Zeitungen über die Katastrophen in der Welt und sahen im Fernsehen die Horrorgeschichten über Finanzkrisen und Wirtschaftskriminalität. Statt sich von Frieden zu erzählen, sprachen sie über ihr Misstrauen den Mächtigen gegenüber und über ihre Angst vor den Fremden, die sich im Dorf niedergelassen hatten. Und sie tranken zu viel Glühwein, dessen war sich der kleine Engel sicher.

Dieses Jahr nun, als er Anfang Januar wieder weggepackt wurde, beschloss er schließlich, daran etwas zu ändern. Im kommenden Jahr würde Familie Maier genug Zeit haben, sich vorzubereiten. Im kommenden Jahr würde das Vorbereiten auf Weihnachten nicht erst im Dezember beginnen, sondern gleich jetzt, im Januar. Er würde alle Register der Weihnachtsfreude ziehen und wenn dann der Weihnachtstag kommen würde, dann würde Friede und Freude herrschen. Er würde dafür sorgen, dass es Weihnachten werden würde für die Maiers.

Das Jahr hatte für die Maiers wie immer begonnen: Vorweihnachtshektik, Weihnachtsstreit, das heimliche Umtauschen der Weihnachtsgeschenke und das Aufatmen, als Tante Martha endlich wieder heimgefahren war. Und schließlich die Sprachlosigkeit und das Schweigen, das sich breit gemacht hatte seit vielen Jahren. Dann aber wurde es anders, das Jahr entwickelte sich seltsam. Es begann damit, dass sich der Geruch nach Tannenbaum und Orangen und nach Zimt irgendwie festgesetzt hatte in der Wohnung. Mutter Maier konnte putzen und lüften so viel sie wollte. Immer wieder roch es nach Orangen und Nelken. Sie schaute hinter dem Sofa und unter dem Schrank, aber kaum dass sie gewischt hatte, war er wieder da, dieser Geruch nach Zimtsternen. Es war seltsam: Im Frühjahr roch es nicht nach frischem Gras und Blumen, sondern nach Tannenduft, im Sommer roch man trotz offenem Fenster, diesen leichten Hauch von Weihrauch, und im Herbst roch es zwar nach Äpfeln, aber nach Bratäpfeln, mit Zimt und Gewürzen. Mutter Maier wusste weder ein noch aus, denn jeder Kuchen den sie backte schmeckte irgendwie nach Weihnachtsstollen, selbst ihre berühmte Schwarzwälder Kirschtorte! Aber der kleine Engel war stolz, denn er hatte all diese Gerüche und Geschmäcker gesammelt und ließ sie nun Tag für Tag in einer anderen Ecke der Wohnung los.

Das andere seltsame war die Sache mit den CDs und der Musik. Irgendjemand hatte sämtliche CD-Hüllen vertauscht, und wenn man nicht richtig aufpasste, dann lag wieder eine Weihnachts-CD im Player. Selbst im Radio schien das ganze Jahr nur Weihnachtsmusik zu kommen. Händels Messias im Mai, das Weihnachtsoratorium im Juli, und amerikanische Weihnachtslieder im August. Es war wie verhext. Wieder fand der kleine Rauschgoldengel, dass er ganze Arbeit geleistet hatte. Nacht für Nacht vertauschte er die CD Hüllen und mit ein paar Engelfreunden manipulierte er das Radioprogramm.

Auf was er aber am meisten stolz war, war die Sache mit den Ostereiern. Das war seine beste Idee gewesen. Er hatte in jedem Ostereiversteck, in jedem Nest und jedem Ostergeschenk alle Ostereier mit Weihnachtsbaumkugeln vertauscht. Ob es nun echte Eier waren oder Schokoladen-Eier, alles wurde durch Weihnachtsschmuck ersetzt. Der kleine Engel hatte sogar noch ein paar Schokoladen-Weihnachtsmänner gefunden, die er gegen die Osterhasen austauschte.

Es war schließlich Anfang September, als der kleine Engel gerade einmal wieder im Himmel unterwegs war, dieses Mal, um die Wetterengel davon zu überzeugen, schon jetzt mit Frost und Schneefall zu beginnen, als es dem Erzengel Gabriel schließlich zu viel wurde. All die Dinge, die der Familie Maier passierten, waren ja eigentlich ganz witzig, aber mit dem Wetter zu spielen, das war eindeutig zu viel. Und außerdem, so erklärte Gabriel in strengem Erzengelton dem kleinen Rauschgoldengel, der zitternd vor ihm stand, was hätten denn, Bitteschön, Weihnachtsdüfte, Weihnachtsmusik und Weihnachtsschmuck mit der Vorbereitung auf Weihnachten zu tun? Das seien doch nur Dinge, die die Menschen erfunden haben. Die Vorbereitung auf Weihnachten wäre doch etwas ganz anderes. Er, Gabriel, würde es dem kleinen Engel erklären, nein, er würde es ihm zeigen. Und so nahm Gabriel, der Erzengel, den kleinen Rauschgoldengel mit durch Raum und Zeit, hin nach Bethlehem, und zeigte ihm die wirkliche Weihnachtsgeschichte. Und so sah der kleine Engel, wie sich die drei Weisen aus dem Morgenland aufmachen, um nach Bethlehem zu gehen, wie sie mit ihren Geschenken kamen und nach dem neugeborenen Prinzen suchten. Er sah, wie die Hirten, diese Menschen am Rande der Gesellschaft, bei den Feldern gerufen wurden, und sich aufmachten um anzubeten, er sah, wie sie alle zusammenkamen im Stall in Bethlehem und er sah und hörte, wie schließlich die Engel kamen, um über der Krippe zu singen.

Und als Gabriel dann schließlich fragte, ob er nun verstanden hätte, da nickte der kleine Rauschgoldengel begeistert. Jetzt wusste er, wie er Familie Maier auf die Heilige Nacht vorbereiten könnte. Es würde einige Arbeit bedeuten, aber er würde es schaffen!

Er würde die Weihnachtsgeschichte, die Familie Maier seit Jahren nicht mehr gelesen oder gehört hatte, nachspielen. Er würde sie erlebbar machen. Er würde die Maiers mitten hineinsetzen in die Geschehnisse damals in Bethlehem. Er wusste auch schon wie! Da waren die neuen Nachbarn von nebenan, ein indischer Austauschprofessor für Astrophysik an der örtlichen Universität, samt seiner Frau, die immer einen bunten Sari trug und kein Wort deutsch sprach. Die beiden würde er als Heilige drei Könige mit hübschen, kleinen Geschenken in der Hand, hinüber zu Maiers schicken. Sie kamen ja aus Indien, irgendwie also aus dem Morgenland, und sie könnten den Maiers erzählen, dass heute für die Christen ein ganz besonderer Tag sei, und dass der Geburtstag eines Friedensprinzen gefeiert würde. Genauso, wie es die Weisen damals im Stall gemacht hatten.

Für die Hirten hatte er auch schon eine Idee! Es gab eine afrikanische Großfamilie im Dorf, in der Containerwohnung am anderen Ende der Straße, Asylanten aus irgendeinem dieser Kriegsländer, irgendwo in

Afrika. Denen würde er erscheinen, wie der Verkündigungsengel damals und die 5 oder 6 Personen könnten dann mit ihren Kleidern aus der Kleiderkammer des Roten Kreuzes zu Maiers gehen. Und er würde ihnen: „Kommet ihr Hirten, ihr Männer und Frau´n!" beibringen, damit Maiers auch verstehen würden, was da passiert. Dass es Hirten in der Weihnachtsgeschichte gab, das würden Maiers ja wohl wissen, sie hatten ja schließlich eine Weihnachtskrippe!

Und dann, als Höhepunkt, da hätte er ihnen ja am liebsten die himmlischen Heerscharen geschickt. Aber da würde der Erzengel Gabriel sicher nicht mitmachen. Aber er hatte schon eine Idee. Er würde ihnen stattdessen den evangelischen Posaunenchor schicken! Das war das Nächstbeste zu den Himmlischen Heerscharen. Und die könnten dann voller Begeisterung: „Gloria, Gloria in excelsis Deo!" spielen, so wie es die Engel damals gesungen hatten.

Auf diese Idee war der kleine Engel ganz besonders stolz, schließlich war er ja selber ein Posaunen-Engel, und fühlte sich daher in Posaunenchören besonders wohl. Er war so stolz, auf all die Ideen, wie er die Geschichte von Weihnachten direkt zu Familie Maier bringen würde. Dann würden sie sicher gut vorbereitet sein, dann könnten sie endlich einmal richtig Weihnachten feiern, und die Geburt des Erlösers würde auch für sie passieren. Dieses Mal würde Weihnachten gut enden, dafür würde er schon sorgen. Voller Begeisterung begann er, Gabriel von seinen Ideen zu erzählen. Ja, und gerade fiel ihm ein, dass er ja auch noch Tiere besorgen könnte, Ochs und Esel und ein paar Schafe, das dürfte echt kein Problem sein! Der Erzengel wusste nicht, ob er lachen oder weinen sollte. Das würde ja alles noch viel schlimmer werden, als es sowieso schon war. Eine Katastrophe würde es werden, Maiers würden die Polizei holen, oder gleich die Feuerwehr. Gerade wollte er den kleinen Engel an seinem Rauschgoldkragen packen und ihn schütteln, als es plötzlich hell wurde um sie herum, und friedlich.

Es war das Licht der Gegenwart Jesu. „Kleiner Engel", hörten sie die Stimme des Herrn. „Vielen Dank für alle Deine Mühe. Aber lass es für heute lieber sein. Ja, die Menschen sollen sich auf den Heiligen Abend vorbereiten. Aber nicht mit Weihnachtsduft und Kerzen und Geschenken. Nicht einmal damit, dass du die ganze Weihnachtsgeschichte nachspielen würdest. Es geht nämlich nicht darum, Weihnachten gut herumzubringen, damit es ein schönes, romantisches Ende hat. Sondern es geht darum, dass etwas Neues beginnt. Immerhin geht es um eine Geburt, um den Anfang eines neuen Lebens. Um eine Veränderung, die von dieser Nacht ausgeht, und nicht in dieser Nacht mit Geschenken und Weihnachtsbaum endet. Genau daran ist deine Familie hier immer wieder gescheitert. Sie haben versucht, den Frieden von Weihnachten zu erzwingen, anstatt ihn zu leben. Sie haben versucht, ein Gefühl zu kaufen, mit Gebäck und Weihnachtsliedern, damit dieser eine Abend viel schöner werden würde, als alle anderen Abende, an denen sie alleine vor ihren Fernsehern und Computern gesessen haben. Dabei dürften sie eigentlich heute feiern, damit sie ein ganzes Jahr von diesem Fest des Anfangs zehren könnten. Advent und Weihnachten liegt nicht umsonst am Anfang des Kirchenjahres, und eben nicht am Ende. Und es ist auch nicht die Aufgabe von Euch Engeln, den Menschen Weihnachten zu bringen. Das müssen die Menschen schon selber leben, im ganzen Jahr. Ein Jahr, das mit Weihnachten beginnt, und eben nicht mit Weihnachten endet. Aber du darfst weiterhin vom Frieden singen, damit die Menschen nicht die Hoffnung verlieren."

Der kleine Rauschgoldengel nickte begeistert. Und er begann, von einem neuen Anfang an Weihnachten zu singen, von der Geburt des Erlösers. Von einem Weihnachtsanfang, einem Weihnachtsjahr, das noch so ganz in der Zukunft liegt, und spannend und neu werden kann.

Und ich glaube, wenn wir an Weihnachten still werden, dann können wir den Rauschgoldengel auch bei uns singen hören.

Über den Autor

Pfarrer Dr. Axel Schwaigert, Jahrgang 1968, ist der Gründungspfarrer von Salz der Erde MCC Gemeinde Stuttgart. Nach dem Studium in Tübingen (evangelische Theologie) und Philadelphia/USA (interreligiöser Dialog) absolvierte er sein Vikariat in Bournemouth/England bei der dortigen MCC Gemeinde.

Nach seiner Ordination im Jahr 2000 begann er mit dem Gemeindeaufbau in Stuttgart. Seinen "Doctor in ministry" machte er an Episcopal Divinity School in Cambridge/MA/USA. Er ist seit 2006 Mitglied im Theologies Team der MCC und ist Co-Autor des Glaubensbekenntnisses der MCC.

In seinem weltlichen Beruf arbeitet er als Bestatter in Stuttgart. Seine Leidenschaft gilt dem Theater: Er singt, spielt und tanzt regelmäßig auf der Bühne des Kelley Theaters in Stuttgart, dem Theater der US Armee in Stuttgart.

axel@ufmcc.de
www.ufmcc.de